O plantador de abóboras

Luís Cardoso

O plantador de abóboras

(Sonata para uma neblina)

todavia

Instala os teus soldados na terra e deixa
que nela semeiem e plantem

Ch'en Hao

Primeiro andamento

Mãos.

Não tenho memória das tuas mãos. Não sei quem sejas. Não sei donde vens. Não sei quem eras antes de entrares nesta casa para me dizeres que gostarias de plantar abóboras. Semeiam--se abóboras. Deitam-se as sementes à terra e que delas nasçam plantas. Em Manu-mutin chove todo o ano. Tanto que até chove dentro de mim. Vivemos debaixo de um chuveiro. E esta permanente neblina que nos cobre como se fosse sumaúma. Plantamos durante o ano inteiro; plantas, pedras, animais, casas e pessoas. Também abóboras. Planto-me nesta cadeira de lona a ouvir o grasnar de um ganso, apesar de desaparecido há tanto tempo, ainda se pode escutar a sua voz, nesta varanda. Como é bom ter uma varanda virada do avesso. Como é bom ter uma varanda virada para dentro de mim. Olho os corredores extensos que me atravessam o corpo por inteiro, de uma ponta à outra. Vejo a sala iluminada que está na minha cabeça. Espreito o quarto escuro do meu coração que não sei onde começa e como acaba. Observo a minha sombra vestida de noiva que passeia pelo jardim de rosas com o seu longo vestido branco, à espera do noivo que provavelmente nunca virá

Ainda queres semear abóboras?

Ou foi algo que te ocorreu dizer para justificares a tua vinda? Não creio que tivesse sido um acaso. Sabias muito bem ao que vinhas. Sabias como havias de proceder. Entraste aqui como se conhecesses os cantos à casa e seguraste as minhas mãos como ninguém havia feito, para me informares de que gostarias de plantar abóboras. Semeiam-se abóboras. Não tenho memória das tuas mãos ou de alguém que me tivesse segurado as mãos desta maneira. Não tenho memória de alguma vez alguém me ter segurado as mãos da forma como o fazes. Não tenho memória de alguma vez quem me segurasse as mãos tivesse realmente mãos. Não tenho memória de ter perdido mãos. Lembro-me de a memória me ter falhado em certas ocasiões da minha vida. Talvez seja este um dos casos. Acontece a qualquer um. Não é nenhuma tragédia. Há quem viva fazendo de conta que não tem memória. Certamente uma grande tragédia

De que noite, tardas?

Estranho homem que se faz chegar quando todos já se foram embora. Aqui em Manu-mutin anoitece antes de todos os lugares. Madruga-se antes de todos os lugares. Durante o dia partilhamos a memória de pessoas e de acontecimentos. Iluminados pela certeza de sabermos quem somos, donde viemos e para onde vamos. Quando chega a noite é a memória que nos separa e nos distingue. Cada um cobre-se com a memória que tem. Faça frio ou calor. É a ela que me agarro, me entrego e entro pela noite dentro. É com ela que sonho, rio ou choro. É com ela que amanheço. Quem muito cedo amanheceu foi o feitor Américo Borromeu para me informar que tinha de ir-se embora. Estava cheio de pressa. Convidou-me a fazê-lo também. Que devia ir-me embora para não estar aqui sozinha e ser devorada pela minha memória. Que estou povoada de ausentes. Não dos que foram embora para a cidade de Díli, mas dos que partiram e não se ausentaram. Passaram para o outro lado da neblina onde se movem como num teatro de sombras. Já não fazem sombra a ninguém

Quem sou eu?

(sombra ou fantasma)

Não sei se sou mais sombra do que a minha própria sombra por estar aqui há tanto tempo, sentada nesta varanda, a vê-los partir com latas vazias para as encherem com *mina-rai* ou petróleo no *au-kadoras*, a torneira prometida pelo irmão extraordinário. Foram-se embora, uns atrás de outros. Foi-lhes dito que podiam ficar ricos de um momento para outro. Não precisavam de limpar as matas para que as árvores de café frutificassem. Bastava alinharem-se junto do *au-kadoras* para encherem as latas vazias. Não fizessem ondas, não remassem para o lado contrário ou alinhassem com correntes adversas. Sento-me nesta varanda, virada do avesso e para dentro de mim, a ouvir o grasnar de um ganso que só existe na minha cabeça. Há tanta coisa que só existe na minha cabeça e, todavia, não grasna. Não queiras saber das sombras que ainda povoam a minha memória e irrompem como feras quando chega a noite

Quem és tu?

Estranho homem que me faz um estranho pedido. Tens mãos de quem nunca semeou abóboras. Mãos finas, ágeis e delicadas. Devias ter ficado na cidade de Díli e dar-lhes outra utilidade. Trouxeste-as limpas e preservadas para que me lembre. Tens mãos poupadas, plantadas num corpo antigo. Mãos de enfeite. Mãos de patarata. Não tenho memória das tuas mãos. Não me lembro de alguma vez me teres dado as tuas. Tenho a memória das minhas. Sei o rasto delas. Gastas pelo labor e devastadas pelo tempo. Mãos que nunca se pouparam a nada. Ao contrário das tuas, as minhas pertencem-me por inteiro. Têm a medida exata do meu corpo. Porventura sabes servir-te das tuas mãos para abrir covas e enterrar lá dentro sementes para que delas nasçam abóboras? Lavramos o solo com mãos e sujamo-las com pó da terra para que do chão cresçam plantas. Removemos com as nossas mãos as entranhas da terra e enterramos lá dentro os nossos sonhos quando morrem para que das cinzas despertem sombras

De que noite tardas, estranho homem?

Que se faz chegar, quando todos já se foram embora. Fizeste o caminho inverso. Cruzaste-te certamente com Américo Borromeu. Fácil de ser identificado por ser aquele que manca. Mede os passos quando anda. Um pé arrasta o outro. No seu caso, atrasa o outro. O seu defeito é o seu grande álibi. Pode estar em todos os lugares e em nenhum. Enquanto descia, tu subias. Estas escarpas de pedras que fazem de Manu-mutin um lugar agreste. Mas isso é outra história. Trocaram olhares? Acredito que sim. Que disseram mais num relance do que podiam ter dito, um ao outro, com muitas palavras. Foi assim que fizemos durante a ocupação. Embora coxo e manco, Américo Borromeu estava cheio de pressa de chegar ao seu destino. Numa luta feroz contra o tempo. Passo a passo para não tropeçar no próprio pé. Foram tantos os anos em que andou a mancar no mesmo sítio. Levava com ele a sua lata vazia para encher de *mina-rai* ou o óleo da terra. Também a esperança de que lata a lata e se mais latas enchesse, havia de se tornar rico para ser o dono da fazenda República de Manu-mutin

Também és dono?

De algo onde pudesse constar o teu nome. Uma casa, uma fazenda, uma história e de um lugar reservado no Jardim dos Heróis. Somos um pequeno país que viveu um grande pesadelo e de repente acordou abastado. Não sei se vivemos uma vida de sonhos ou de faz de conta. Nunca abdiquei de sonhar. Tenho a vida que tenho. Todos os dias tenho de fazer contas à vida, dado que não tenciono sair daqui com uma lata vazia, para depois regressar com ela igualmente vazia e, pior do que antes, esvaziada de esperanças. Não me presto ao engano. Muito menos à farsa de outrem. Guardo lembranças do passado que não se ofuscam nem desvanecem com esta permanente exaltação. Sento-me nesta varanda, virada do avesso e para dentro de mim, a ouvir o grasnar de um ganso, creio que ainda continua a ser o mesmo ganso, com a mesma toada de voz, a mesma fúria, sem que tivesse alterado o timbre. Não consigo entender que venhas para as montanhas e para este sítio, num momento em que todos se foram embora com as suas latas vazias para as encherem no *au-kadoras* ou a torneira que haverá de trazer o *mina-rai* do fundo do mar, conforme havia prometido o irmão extraordinário

Também tu, Borromeu?

(que baixou os olhos para não me ver)

Suspeito que a sua saída, ou muito me engano, tivesse que ver com a tua chegada. Deixou as portas abertas para que entrasses. Nunca te vi em Manu-mutin. Não sei quem sejas. Não sei donde vens. Não sei quem eras antes de entrares nesta granja para me dizeres que gostarias de plantar abóboras. Estranho pedido de um estranho homem. Não creio que tivesses vindo de Portugal, Moçambique, Macau, Austrália, Indonésia ou de outro lado qualquer. Lugares de errância para tanta gente que saiu desta terra. Pergunto quais os lugares da tua errância e de onde vieste. Se de *tasi-balu*, o outro lado do mar, se de *rai-balu*, o outro lado da terra. Mas a forma serena e segura como me olhas e agarras as minhas mãos depreendo que só podias ter vindo deste lado da ilha onde sopra o vento leste. Não te ausentaste durante o tempo da ocupação. Ocultavas-te na sombra de quem protegias e te dava proteção. Observei-te antes de entrares nesta granja. Podias ter passado despercebido. Nada fizeste para te ocultares. Tê-lo-ias feito caso fosse necessário. Somos excelentes na arte da dissimulação. Tivemos de nos recorrer a ela para nos protegermos dos ocupantes indonésios. Fizemos o mesmo jogo da dupla face, correndo riscos calculados, sabendo de antemão que no fim se perdermos uma, fosse ela a verdadeira ou a falsa, há de sobrar aquela que nos salvará a face. Foi assim que os ludibriámos. E continuamos a fazê-lo entre nós como se ainda cá estivessem, mascarados com os nossos rostos

Não sorrias, estranho homem, não sorrias!

Fico na dúvida se o fazes com o rosto que tens ou com a máscara com que te proteges. Não sei com que rosto ou com que máscara hei de sorrir se precisasse de o fazer. Não me lembro quando foi a última vez. Nunca precisei de sorrir fosse a quem fosse. Tenho o rosto que sempre quis. Não foram as circunstâncias que o moldaram. Moldei-o com as minhas próprias mãos. Foi com ele que enfrentei, sem nenhuma máscara, a multidão que se aglomerou em Manu-mutin para pedir a cabeça do meu pai e do ganso branco. Também o irmão extraordinário que se despediu de mim dizendo que a Pátria haveria de o absolver de todos os seus pecados. Atrás dele vieram os indonésios. Nem queiras saber o que fizeram os *bapak* enquanto aqui estiveram. Nem queiras saber. Não precisas de saber. Ocorreu-me pensar que vieste convicto de que havias de encontrar alguém à tua espera. Alguém que nunca em momento algum desistiu de ti quando te davam como morto. Lembravas-te dos seus olhos grandes e pretos e de tanto os serem que pareciam verdes. Agarraste-te às mãos dela

Ainda queres semear abóboras?

Ou foi algo que te ocorreu dizer para justificares a tua vinda? Onde andaste escondido? Não tenho conhecimento da tua existência. Américo Borromeu ter-me-ia dado conta da tua existência, sabendo como sabe de tudo o que se move nas sombras. Nada acontece por acaso. Creio ser este o teu caso. Como todos os acasos que acontecem nesta parte da ilha. Tenho a informar-te que de forma nenhuma estou interessada em contratar outro feitor. Acredito que Américo Borromeu voltará. Coxo, manco ou com uma perna às costas. Acredito que voltará quando o *au-kadoras* ou torneira secar. Só não sei quando

Quem és tu?

(estranho homem que me faz um estranho pedido)

Podias ter feito outro pedido. Que gostarias de plantar cafeeiros. Café, sim, deu muito dinheiro. Aos *malae*, aos china, aos
bapak e aos *liurai*. Também ao meu pai, o autoproclamado comendador da República de Manu-mutin. Lembras-te do meu
pai? Como podes lembrar-te dele se já passou tanto tempo. Ele
nunca havia de semear abóboras como fazia a sua mãe para lhe
dar de comer. Fui eu que por minha própria iniciativa as semeei
com as minhas próprias mãos para dar de comer aos contratados vindos de aldeias remotas para trabalharem na plantação de
café. Américo Borromeu fez contrato com as autoridades para
que fossem para aqui transferidos trabalhadores rurais. Não
vieram sozinhos. Trouxeram as respectivas famílias e foram-se
instalando em Manu-mutin com caráter definitivo nos sítios
das suas escolhas consoante as suas conveniências. Não mais
quiseram voltar para as suas terras expirado o contrato. Cada
um construiu a sua casa sagrada e teceu um novo enredo sobre os seus antepassados míticos. Elegeram um novo chefe de
suku para os representar que recaiu na pessoa do feitor Américo Borromeu que sabia ler e escrever em português
Quem és tu?
(a pergunta que nunca fiz ao irmão extraordinário)
Foi-me dito que existiam perguntas que não deviam ser feitas por não terem respostas que lhes fossem adequadas. Não
foi essa a razão para que nunca tivesse colocado ao irmão extraordinário algumas questões e dúvidas que porventura me
tivessem passado pela cabeça. Ele tinha tanto para pensar que
de modo nenhum gostaria de ser confrontado com assuntos
de somenos importância. Sobretudo num momento em que
a relevância era a Pátria e não o que cada um pudesse pensar acerca do outro. Fiz-lhe as perguntas, colocando-as a mim
própria, em busca de respostas, fossem elas adequadas ou não.
Guardei-as para mim. Fechadas a sete chaves. Entre nós, sempre houve uma certa distância. Mesmo nos momentos mais

íntimos havia um muro de silêncio que nos separava. O nosso diálogo era medido pelo tempo que cada um levava a manter o seu silêncio. O meu era grave e povoado de perguntas e de dúvidas que tinha a seu respeito. Sem eu esperar por isso, resolveu quebrar a cerca da sua altivez e, para me pôr à prova, fez-me a pergunta tão insólita quanto surpreendente
Queres mesmo saber quem sou eu?
(como se tivesse adivinhado o meu pensamento)
Fiquei muito incomodada com a sua questão. Que tivesse adivinhado todas as perguntas que havia colocado a mim própria a seu respeito. Pior seria se tivesse acesso às respostas. Nada me revelou. Ignorou-as ou por estarem todas erradas ou por não ter adivinhado nenhuma. Se tivesse sido essa a hipótese ficaria mais aliviada. Mas também se podia colocar uma outra que tivesse fingido ignorar para me dar a entender que nada sabia e, no entanto, tudo sabia. Ele que de tudo tinha conhecimento. Nada escapava ao seu controlo. Inclusive da pessoa que servia em minha casa e sabia de tudo. Espreitava para dentro de mim, neste poço fundo a que se dá o nome de alma, através do detalhado relatório que lhe fazia o feitor Américo Borromeu. Hesitei em lhe dar a resposta. Talvez nem precisasse por já saber de antemão tudo o que me pudesse passar pela cabeça. Sabia que podia ficar arreliado com o meu atrevimento. Ninguém o podia colocar em questão com perguntas que o obrigassem a responder. Enchi-me de coragem e disse-lhe que me afirmasse ele próprio, quem achava que era
Quem sou eu?
Surpreendido com o meu atrevimento, deu uma gargalhada sonora que me fez estremecer dos pés à cabeça. Deu um pontapé numa das minhas pinturas sobre o mesmo ganso branco para me mostrar o seu desagrado. Notou o meu pavor e, para me pôr em causa, perguntou-me se li o livro vermelho dos pensamentos do camarada Mao Tsé-Tung. Disse-lhe que não. Sabia

lá quem era a pessoa. Sabia quem era o Sun Tzu, nome que fora dado a um ganso branco que retratei num dos meus quadros e que ele acabara de lhe desferir um golpe de karaté. Era o pássaro que fazia a guarda desta propriedade. Se ainda estivesse vivo certamente que não lhe permitia o mau comportamento. Dei-lhe guarida e merecia respeito. Nunca lhe devia ter dado concessões para que se comportasse assim comigo. Tendo-se servido da minha hospedagem, do meu leito e do meu corpo, deixei de ter interesse. Deu outra gargalhada que não teve em mim o mesmo efeito. Talvez tivesse sido essa a razão por que me pediu para que permanecesse de pé, em vigília, enquanto alinhava numa folha limpa breves notas com que tencionava explicar aos camaradas de luta a razão de ter renunciado ao partido que havia criado nas matas de Timor. Deduzi pela pergunta que me fora feita que fosse o efémero Partido Comunista (marxista-leninista-maoista) que teve uma breve existência. O vento o trouxe e o vento o levou. Vento leste.

Permaneci em pé pela noite dentro até ficar exausta. As minhas pernas cederam ao cansaço e tombei ao chão. Deslizei suavemente como uma folha seca. Podia ter-me amparado para evitar a minha queda, mas não o fez. Ficou impávido e sereno como se me quisesse punir pelo facto de ter levantado uma questão que mais ninguém ousaria fazer. Exausta, fechei os olhos. Tudo me parecia andar à roda como uma bola. Pediu a alguém que era como se fosse a sua sombra, os seus olhos e as suas mãos para me ajudar a levantar-me do chão

Não foste tu?

(ou então o feitor Américo Borromeu)

Senti o seu forte cheiro de animal acossado quando se aproximou novamente de mim para me cobrir com um *tais*. O meu fiel aconchego. Ele sabia como eram frias e húmidas as madrugadas de Manu-mutin. Há muito que andava escondido dos soldados ocupantes que o queriam apanhar, vivo ou morto. Em minha casa encontrou abrigo e aconchego no meu leito e nos meus braços. Apagou a luz do candeeiro e deitou-se ao meu lado. Passou-lhe pela cabeça que já estivesse rendida ao sono e, sem fazer nenhum ruído, levantou-se da cama. Antes de se ir embora sussurrou aos meus ouvidos com a sua voz grossa e arrastada "A Pátria me absolverá!". Que a Pátria haveria de o absolver de todos os seus pecados. Tinha essa convicção. Aliás foi a sua convicção que fez que me tivesse esquecido de tudo, inclusive do meu noivo, para lhe entregar tudo o que achava ser do seu merecimento. Havia uma chama que ardia dentro dele que até empolgava as pedras e as árvores. Nunca mais me procurou. Não foi pela falta da chama, dado que tem andado numa roda-viva. Talvez da luz que vi no autorretrato que executou enquanto aqui esteve hospedado. Apagou-se-lhe em face dos sucessivos transtornos em que se meteu quando quis ser o único dono da galinha dos ovos de ouro. O passado é um lugar estranho quando se sai dele como se nunca lá tivesse entrado. Também não interessa a ninguém quando serve apenas de passadeira vermelha para o desfile de vaidades

De onde vens?

Não creio que tivesses vindo, mandado por ele, recolher as suas pertenças. Não guardei nenhum livro vermelho dos pensamentos de Mao Tsé-Tung e, quanto ao seu autorretrato, a que deu o significativo nome de *O Salvador*, está muito bem guardado. Não está exposto em lado nenhum. Como podes verificar pelos teus próprios olhos, os quadros que estão pendurados nas paredes são da minha autoria e têm a assinatura de Bellis Sylvestris, nome que me fora dado pelo meu noivo. São desenhos que foram feitos por mim do ganso branco que guardava esta granja. Fi-los todos de uma assentada, uns atrás de outros, sem pausa nem horas de sono, como se quadro após quadro buscasse a imagem perfeita do pássaro branco, que fosse o meu autorretrato

Quem és tu?

(estranho homem que não sei vindo de que tempo)

O visitante devia ser a primeira pessoa a fazer a sua apresentação. Observei-te antes de entrares na minha propriedade. Sabias muito bem ao que vinhas pela forma serena como olhavas em redor e o modo leve como pisavas o chão. Sendo um estranho, nada te era estranho; a granja, a casa e a história da República de Manu-mutin. Ter-se-ia passado pela tua cabeça que a dona disto tudo podia ser uma doida varrida? Não me importo nada com o que de mim queiram pensar. Trouxeste-me as mãos para que faça a leitura da história da tua vida. A minha está estampada no meu rosto e nas minhas mãos. Não há enganos. Deitei fora o meu vestido branco manchado com o sangue do meu pai. Não sou mais a noiva mutin de Manu-mutin. Lembro-me de passear assim vestida pelo jardim de rosas que circunda esta casa quando havia luar. Aqui as rosas nunca murcham. Mudam de cor, mas nunca de sabor. Continuam amargas. Mastigo-as, como quem tritura *bua*, *malus* e *ahu*, os condimentos da masca, para que a minha memória se mantenha fresca. A única coisa que ainda mantenho fresca

Ainda queres semear abóboras?

Ou foi algo que te ocorreu dizer para justificares a tua vinda? Preferes continuar em silêncio enquanto aguardas que te devolva a memória das tuas mãos. Hábeis, finas e delicadas. O passado não se adivinha. Nem se conserta. O futuro, sim. Acabaste de lhe virar as costas quando decidiste subir estas montanhas para vires ter comigo. Em vez de procurares na cidade de Díli uma forma hábil e fácil de te enriqueceres, como fizeram todos aqueles que abandonaram as suas terras e decidiram abandonar Manu-mutin com as suas latas vazias, vieste ter comigo para me dizeres que gostarias de plantar abóboras. Estranho pedido de um estranho homem. Nunca alguém enriqueceu a semear abóboras. Café, sim, deu muito dinheiro. Aos *malae*, aos china, aos *bapak* e aos *liurai*. Também ao meu pai, o autoproclamado comendador da República de Manu-mutin

Manu-mutin?

(o pássaro branco)

Que só apareceu muito mais tarde. Também tardaste a aparecer quando todos os que estavam escondidos nas matas deram a cara. Irão dizer que enlouqueceste por teres vindo até à fazenda da noiva mutin de Manu-mutin para lhe pedir se podias plantar abóboras. Semeiam-se abóboras. Aqui em Manu-mutin plantamos durante o ano inteiro; plantas, pedras, animais, casas e pessoas. Planto-me nesta cadeira de lona a ouvir o grasnar de um ganso do qual apesar de ter desaparecido há tanto tempo, ainda se pode escutar a voz nesta varanda, virada do avesso e para dentro de mim. Não tenho memória das tuas mãos. Estranhas as tuas mãos que seguram as minhas como ninguém havia feito. A seu tempo e à medida que me apresento também o serás. Cruzando o enredo das nossas vidas saberemos se alguma vez as nossas mãos, por um acaso qualquer, se cruzaram no passado. Calculo que seja o propósito da tua vinda a Manu-mutin

O ganso branco?

(que só apareceu muito mais tarde)

No princípio eram os galos. Galos de todos os tamanhos, de todos os feitios e de todas as cores. A história deste país também se pode resumir nesta frase: da paixão, da morte e da ressurreição de galos. Dão-se nomes de galos aos valentes e às localidades; Manu-fahi, Manu-tasi, Manu-mera, Manu-metan, Manu-mutin. Fiquemos então por esta última, cuja história assenta num equívoco. Comecemos pelo princípio. No princípio eram os galos de todas as cores e tamanhos. Galos que nunca se vergaram a nada. No princípio eram os galos que lutavam entre eles só com esporas por causa das galinhas. Acharam que seriam mais valentes do que outros se lutassem com lâminas afiadas para saberem quem havia de ficar com as galinhas todas. O *liurai* da capoeira. Foi o que fizeram durante muito tempo. Anos, décadas, séculos. Por fim, exauridos de tanto lutarem entre eles, cansados das lutas, exaustos de tanto se matarem uns aos outros para nada, descobriram que só seriam valentes se conseguissem expulsar os galos estrangeiros. Quando se viram a sós, voltaram a lutar entre eles, só com esporas, por causa das galinhas. Armaram-se de lâminas numa luta feroz para saberem quem havia de ficar com a galinha dos ovos de ouro. Ganhou o galo extraordinário, o mais vistoso, de penas brilhantes e lustrosas, por ser astuto e por se ter preparado melhor com as manhas do tempo em que lutavam contra os galos estrangeiros. Passou a ser o dono da capoeira. Nunca mais outro galo cantou

Quem és tu?

A pergunta que te ocorre fazer. Quem sou eu? Meu pai, o pequeno *malae-metan* e autoproclamado comendador da República de Manu-mutin, era filho de um antigo expedicionário que veio de Moçambique por causa da revolta promovida pelo régulo Boaventura de Sotto Mayor no ano de 1912 na sequência de outras com intervenção do seu pai, Dom Duarte. Reza a lenda transmitida oralmente que foram os soldados africanos que inverteram o curso da guerra a favor das autoridades. Causavam pavor aos supersticiosos nativos por serem destemidos e por causa da cor das suas peles. Eram tão escuros que facilmente se dissimulavam nas suas próprias sombras. Apareciam e sumiam no mesmo instante. O conflito havia-se prolongado de uma forma interminável e havia o perigo de se alastrar a todo o território como uma labareda. Foi quando os *malae- -mutin* de Portugal se lembraram de trazer os *malae-metan* de Moçambique. Landins, assim eram denominados por quem os trouxe, por causa da estranha língua que falavam e da invulgar ferocidade com que intervinham no teatro da guerra. Da

Índia vieram os mancebos de boas famílias que sonhavam visitar a metrópole uma vez terminado o conflito. Os voluntários do Império. Ofereceram-se pela recompensa se saíssem vivos da guerra. Foi-lhes prometida uma visita à metrópole. O sonho de todos os voluntários do Império. Eram ingénuos, fracos e imberbes que acharam por bem poupá-los ao combate dado que tinham os africanos que, sem receio, entravam pela mata dentro que nem os súbditos dos reinos leais ousavam fazer. Todas as guerras têm um princípio e um fim. Algumas demoram mais tempo do que outras. Também a de Manu-fahi durou o tempo suficiente para que dela se lembrassem gerações futuras. O importante era que nunca se esquecessem da sua própria história que havia de ser diferente da que fora contada pelos que estavam no outro lado da barricada. Cada um glorifica os feitos dos seus heróis

Manu-metan?

(o galo preto que era o meu avô)

Lembro-me de ter ouvido cantilena do feitor Américo Borromeu, provavelmente o fazia para lançar farpas ao meu pai e que dizia assim: "se o *malae-mutin* veio de *tasi-balu*, o outro lado do mar, onde o sal refina mais branco, o *malae-metan* veio de *rai-balu*, o outro lado da terra, onde o sol torra mais preto". Embora nos seus versos atribuísse ao sal e ao sol a causa da diversa pigmentação das peles dos estrangeiros vindos da Europa e da África, a diferença media-se pelo caráter e qualidade das pessoas, independentemente de terem vindo do outro lado da terra ou do outro lado do mar. Um é o outro lado do outro. Não há mar que não acabe em terra. Não há terra que não entre pelo mar adentro

Asuwain?

Ele era o *asuwain* ou o valente galo preto por ter participado e saído com vida da guerra, graças à sua valentia e à cor das suas penas pretas. Metia medo aos supersticiosos animistas por não saberem de que parte da terra teria vindo. Se lhes dissesse que veio de África tanto lhes fazia, haviam de continuar a acreditar na mesma se afirmasse que veio do interior da terra. Não creio que para ele a guerra tivesse acabado no dia em que a deram como finda após a rendição do *liurai* Boaventura de Sotto Mayor. Quis conhecer o homem que ostentava nome aristocrático de *malae-mutin* de Portugal e a quem as autoridades teriam dado uma fortuna para o capturar vivo ou morto. Ficou impressionado com a sua postura altiva, embora se tivesse humilhado vindo a depor as armas. Lembrou-lhe Gungunhana. O último imperador moçambicano. Não lhe pedia que tivesse de lutar até à morte. Fê-lo quando teve de o fazer em defesa da sua própria honra e da dignidade do seu povo. Que a ele não o matariam por ser um troféu de guerra. Valia mais vivo do que morto para servir de lição aos que ousassem revoltar-se contra o poder colonial. Esperava-o o desterro em Ai-pelo, lá para os lados da fronteira. O sítio para onde mandavam os rebeldes que, após se terem rendido e, ao abrigo dos muros da prisão, haviam de ficar sem a pele e o pelo.

Meu avô, Raimundo Chibanga, fez o que teve de fazer na altura própria para se manter vivo. Preparava-se para também fazer a sua rendição. Havia cumprido a sua missão e com vida. Foi-lhe oferecida uma espada para que cortasse a cabeça a uma mulher rebelde para dar início à celebração da vitória. O seu último golpe, o de misericórdia. Como era muito robusto não precisava de mobilizar todas as suas capacidades para o fazer. Muito menos perante alguém que se apresentava numa situação de extrema debilidade por causa das doenças e da fome. Muita fome. Olhou para a espada e para a mulher. Ambas finas e cortantes exibindo cada uma a sua luminosidade. A espada com a sua lâmina brilhante e a mulher com os olhos cintilantes, enquanto a multidão o incitava

Corta!

De modo nenhum tencionava fazer o que lhe pediam, estava decidido a ir-se embora, deixou de ser útil depois de ter cumprido a sua missão. Veio de longe, lá de muito longe, enfiaram-nos no porão do navio, amontoados como o carvão que posto na fornalha fazia mover o barco. Também os meteram nesta fornalha para fazer a guerra, finda a qual foi-lhes dito que era da tradição local os vencedores cortarem as cabeças aos vencidos que depois as penduravam nas estacas para afugentarem os inimigos. Rejeitou. Oferecessem a espada ao *liurai* de um arraial qualquer que fora arregimentado por causa da sua lealdade. Havendo tantos que nunca pegaram em armas ou entraram em sublevações e certamente gostariam de o fazer, terminado o conflito, para renovarem as suas lealdades depois de terem a certeza sobre quem havia saído vencedor

Corta!

(assim exigia a multidão)

Olhou para a espada e para a mulher cujos olhos brilhavam, desfeita em súplicas para que fizesse o que lhe pedissem e acabasse rapidamente com a tormenta de estar à espera da sua decisão, que foi adiando na esperança de que se calassem, cansassem de gritar, a guerra havia terminado, como esperavam que fosse acontecer com a vinda dos soldados africanos. Demorou tanto tempo, mais do que suficiente para que cada um pudesse soltar os seus fantasmas. Uma pessoa carrega tantos dentro de si, quantos trazes dentro de ti?, certamente que te livraste de alguns pelo caminho, dos mais pesados, incómodos, para te sentires leve no corpo e na alma, quando decidiste subir as veredas e estas montanhas para vires ter comigo e pedires que te deixe plantar abóboras

Abóboras?

Podias ter feito outro pedido. Vão dizer que ficaste louco de vez. Por teres vindo à procura da louca, a noiva mutin de Manu-mutin. Mas voltemos aos tempos em que era o tempo dos galos. A mulher era tão frágil, solta e leve como uma pena que nenhuma lâmina havia de conseguir atravessá-la. Avançou então para a multidão enfrentando-a com os olhos bravos, que estava farto da guerra e atirou a espada para o chão. Pegou-a pelos braços, aconchegou-a junto ao seu peito, salvando-a dos gritos da multidão que continuava a reclamar: corta! Pediam que a mulher lhes fosse imediatamente devolvida, uma vez que havia renunciado participar no cerimonial. Era alguém que lhes pertencia

Quem és tu?

Não sei quem sejas. Não sei donde vens. Não sei da tua pertença. Não sei a que recompensa renunciaste, quando voltaste as costas a quem protegias as costas e subiste estas veredas para me fazeres saber que gostarias de plantar abóboras. Duvido que saibas semear alguma coisa. Agora que as tuas mãos deixaram de pegar em armas pergunto o que vais fazer com elas? Não matarás!, diz a Bíblia. Não vais precisar de o fazer novamente. Deixa-me ver as tuas mãos. São ágeis, finas e delicadas. Tens mãos caladas e silenciosas. Lavadas. Cada um lava-se na ribeira e limpa-se com o que tiver à mão. Não traz indícios de terra ou sangue. Não sei que segredos encerram. Quantos segredos guardam as tuas mãos? Não precisas de responder. Se alguma vez fizeste quando te foi pedido

Cor... taaaaaaaa!

(uma voz grossa e arrastada)

Certamente que foi ao serviço da Pátria. A Pátria me absolverá!, continuo a ouvir esta frase na minha cabeça dita pela mesma voz grossa e arrastada e creio que absolveu tudo e todos, menos esta descrença que tenho da Pátria, não falo mais da Pátria e pronto. Não creio que tivesses vindo mandado por ele para fazer um ajuste de contas. Não fui eu que o denunciei. Ele andava fugido no meio de um círculo restrito, traiçoeiro e perigoso que mais dia, menos dia, podia ser apanhado se uma bala não lograsse imortalizá-lo como aconteceu ao grande Nicolau Lobato que não renunciou ao combate. Também não renunciei a nada. Fui ao combate e deixei que me despisse do meu vestido branco de noiva sujo de sangue do meu pai, tomou-me como uma dádiva dos entes sobrenaturais como recompensa por causa do seu extraordinário esforço em prol da Pátria

A Pátria me absolverá!

Disse-me na noite em que se foi embora e nunca mais o vi. Continuo a viver no mesmo sítio e sentada nesta mesma varanda virada do avesso e para dentro de mim. Daqui vejo o mundo. Não sei se do avesso. Não sei se sou eu que estou do avesso ou se é o mundo. Provavelmente sou eu por ter deitado fora o meu vestido branco de noiva com que passeava no jardim de rosas à espera do meu noivo que não quis aparecer, quiçá por ter medo de mim, da minha loucura. Fez-me chegar pedido através do feitor Américo Borromeu para aconchegar em minha casa o irmão extraordinário, o tempo que fosse necessário, até me convencer a despir o meu vestido branco de noiva manchado com sangue do meu pai. Depois de ter feito o que tinha de fazer, despediu-se de mim dizendo

A Pátria me absolverá!

(com a sua voz rouca e arrastada)

Não sei se alguma vez te absolverei, a ti não, ao meu noivo, que foi quem o acompanhou até esta casa para que lhe desse abrigo e aconchego enquanto o procuravam nas matas. Ficou lá fora de vigília, exposto ao frio, ao sol, ao vento ou chuva, para que nada de mal lhe acontecesse e, se fosse preciso, havia de dar a sua vida por ele. Remeteu-se para as sombras, roído de remorsos e de ciúmes, que a sua renúncia era o seu sacrifício pela Pátria. Não sei se alguma vez te absolverei, a ti não, ao meu noivo, que não quis aparecer e cedeu a sua vez a outro para que me despisse do vestido de noiva sujo do sangue do meu pai. Uma horrenda e terrível lembrança. Também para me despir da loucura. Essa roupa invisível com que muitas vezes trajam as almas.

Mas voltemos aos tempos em que era o tempo dos galos. Aquela mulher devia ter ficado com a alma depenada e as entranhas reviradas depois de ter sido salva por quem a devia sacrificar. Nunca havia passado pela sua cabeça que Raimundo Chibanga a quisesse proteger como se fosse o seu anjo da guarda. Um anjo negro contra toda a lógica da doutrina e da propaganda religiosa que dizia que para se ser anjo tinha de ser alto, louro e de olhos azuis. Ele era negro. Só tinha dentes fortes e brancos que mostrava quando sorria. Meu pai dizia com graça que o grande *malae-metan* gostava de sorrir. E foi a sorrir que anunciou que iria ficar nesta terra para sempre. Iria lutar com todas as suas forças para fazer dela a sua mulher e desta terra um local onde pudessem viver

Mas onde?

(em qualquer lado)

Ela não havia de se importar se a quisesse levar como sua refém (tinha a certeza de que a trataria sempre bem como a uma rainha, depois de a ter salvo) para a sua terra, África ou *rai-balu*, o outro lado da terra, lá muito distante, para lá da bruma, onde o sol arde com mais força e queima a pele. Que a levasse para longe desta turba que insistentemente continuava a gritar

Corta!

(não a dela, mas a do seu protetor)

A ela fizeram saber que devia cumprir a tradição de vingar os seus mortos. Ninguém podia renegar os seus antepassados, ausentes, mas cientes das suas importâncias e das suas imposições. Que se lembrasse de que se não lhes satisfizesse as exigências e não lograsse pagar-lhes tributos ou doações em dinheiro, *belak* e *mutisala*, havia de sofrer represálias ou ser afastada do círculo íntimo de proteção. Deixavam-na ao abandono e entregue à sua própria sorte. Nunca se sabe o que pode acontecer a uma pessoa quando se está por sua própria conta. Fica à mercê de qualquer um. Que Raimundo Chibanga não era o anjo bom que ela julgava que fosse. Durante o conflito armado foi implacável. Não teve pena nem compaixão com nenhum elemento rebelde. Quando lhe pediam que fosse misericordioso não o foi. Havia de o fazer novamente numa outra guerra. Tantas as guerras que se fazem nesta terra. Uma para limpar a outra. A última será aquela que nos absolverá de todas as outras

Quem és tu?

Não sei o que te move, se é a paz ou se é a guerra. Não creio que vieste para que te absolva dos teus pecados e te lave as mãos e a alma. Mas voltemos aos tempos que era o tempo dos galos. A ela foi-lhe pedido que sendo filha desta terra teria de vingar os seus mortos. Ele estava nas suas mãos. Se a poupou da morte não o fez por ser benevolente, mas por vontade expressa dos antepassados. Esperavam que fosse executar a sentença quando ele se deixasse adormecer nos seus braços depois de terem feito aquilo. Nunca em momento algum lhe mostrou vontade de fazer aquilo. Nem ele. Apagou-se-lhes em face dos acontecimentos que tiveram lugar em Manu-fahi. Pedissem outra coisa menos a morte de uma pessoa que a poupou da morte. Talvez o aroma do café logo pela manhã

Queres café?

Pergunto-te se queres café. Lembro-te que Manu-mutin é conhecida pelo seu aromático café. Raimundo Chibanga apresentou-se às autoridades para dar conta que não queria voltar mais para a África. Queria ser plantador de café. Não tinha nenhuma vontade de viajar novamente enfiado no porão do navio. Na vinda, para encurtar o tempo e, para se esquecerem das precárias condições em que viajavam, foi-lhes pedido que entoassem em voz alta cantos de bravura, pranto e de louvor aos deuses e antepassados e eles recusavam que só haviam de cantar se acendessem fogueiras no mar. Nunca vi fogueira no mar a não ser em sonhos. Labaredas que vinham do fundo do mar e ardiam dentro de mim como lavas. Quem comandava o navio não queria fogueiras para nada, no mar não podia ser, estava fora de questão acender fogueiras no mar, muito menos no navio, com receio de que atiçando as fogueiras, convocassem as lembranças de revoltas antigas como a última que fora protagonizada por Gungunhana

Mas onde?

(num lado qualquer)

Deram-lhe a escolher um terreno de um desses maiorais a quem cortaram a cabeça no rescaldo da celebração da vitória. Havia de lhe servir para retirar da terra o que dela precisasse. Não foi bem assim que os maiorais dos reinos leais fizeram. Retiraram tudo o que havia de valor das casas sagradas e levaram como despojos de guerra. Deixaram as propriedades ao abandono sem ninguém para as cultivar. Ela quis convencê-lo da inconveniência de uma ocupação por ausência forçada do dono. Mais cedo, mais tarde, os espíritos haviam de vir reclamar as terras pelo uso indevido e expulsá-los da granja. Sorriu com a sua ingenuidade. Ele, a quem por respeito e veneração chamaram de *manu-metan* que não teve medo dos vivos, muito menos havia de ter dos mortos. Propunha dar utilidade às propriedades que haviam sido abandonadas por causa da guerra. Tantas as terras que foram abandonadas de tanta gente que foi morta. Sonhou possuir uma terra e torná-la produtiva, indo ao encontro do que as autoridades tencionavam fazer. Encher de cafezais as propriedades dos maiorais depois de lhes terem sido confiscadas por terem participado na sublevação. Retirou uma placa de madeira que identificava a propriedade que pertencia ao *dato* Koli-bere e pediu que por cima dela escrevessem República de Manu-metan, por desconfiar que mais cedo ou mais tarde haviam de voltar a proclamar que

Manu-fahi continuava a ser uma monarquia por ser a terra do *liurai* Boaventura de Sotto Mayor

Liurai?

Meu avô, Raimundo Chibanga, nunca havia de sonhar em ser *liurai* depois de ter proclamado a República de Manu-metan. Contara os dias todos, desde a sua chegada a Manu-fahi, tantas as pedras que foi colocando uma em cima da outra e, quando deu conta, havia cercado a casa e a sua vida com um muro de pedras. Deu conta de que também havia petrificado. Deixara de ser uma pessoa para ser apenas um monte de pedras. Precisava de sentir sangue a correr nas suas veias. Aproximou-se dela e sussurrou-lhe que se recusava a colocar mais pedras. Não queria sentir-se na pele de um refém. Encurralado na sua própria contagem. Que era chegado o momento por que tanto ansiavam. Dormiam na mesma esteira sem que um exigisse do outro que não fosse a proteção. Ela precisava dele para a proteger e, ele, dela, por ser estrangeiro. Repartiam a mesma esteira, assim como a casa e o trabalho na granja. A guerra e os momentos duros e penosos em que estiveram envolvidos retiraram-lhes o desejo. Nenhum deles ousaria falar do assunto em privado. Ela havia recuperado a forma física, embrenhada que estava nas tarefas agrícolas. Assim como as bagas vermelhas e lustrosas de café, também o seu corpo havia assumido formas voluptuosas. Ele tinha dado conta desta transformação. Também a desejava e havia de lhe tocar com as mãos como quando o fazia na recolha dos frutos maduros de café

Um dia há de ser!

Esperou durante esse tempo todo, pacientemente, por esse momento. Que um dia havia de ser. Também frutificariam como os cafeeiros. Ela não sabia como. Tinha medo dele, do seu volumoso corpo, da sua pujança física. Já o tinha visto sem roupa quando se banhou nas águas da ribeira. Teve medo do que viu, embora lhe passasse pela cabeça tudo o que pudesse passar pela cabeça de uma mulher que tivesse olhos, mãos, nervos, sangue, pele e carne. Não sabia como encontrar no seu corpo dimensão adequada para o aconchegar. Também o desejava. Não como paga de um tributo qualquer por lhe ter poupado a vida, mas pela simples razão de o desejar. O tempo ensinou-a a amá-lo. Amava aquele estrangeiro de pele negra e macia como sumaúma. Amava aquele *malae-metan* vindo não se sabe donde, talvez de *rai-balu*, o outro lado da terra, onde o sol arde com mais força e queima a pele, que um dia lhe disse que havia de fazer dela a sua mulher e deste sítio um lugar onde pudessem viver e procriar

Um dia há de ser!

(ou talvez numa noite)

E foi numa noite escura que ela lhe pediu que se tivesse que ser que fosse numa noite escura como esta, para não ver o seu rosto que havia de assumir uma forma hostil como quando os guerreiros enterravam as facas nos corpos dos inimigos. Era mais ou menos assim que pensava no que ele lhe faria. Não com uma lâmina, mas com a sua parte escondida que havia de deslizar para dentro dela como uma jiboia, esguia, grossa e volumosa. Se tivesse que ser que fosse rápido e certeiro. Aconteceu tudo ao contrário. Ele pediu-lhe que se esquecesse de tudo e olhasse para ele, como se não houvesse mais nada no mundo e tivessem todo o tempo do mundo para desfrutarem de um momento extraordinário nas suas vidas. Mas para onde, se não via nada? Era noite escura e ele também escuro. Sentia que ao lado dela havia uma montanha que a podia esmagar. Ficou imóvel à espera do que pudesse acontecer, um terramoto seguido de uma derrocada. Ele pegou nas mãos dela, esguias e de dedos finos, e orientou-as pelo seu corpo como um anfitrião que mostrava a uma visitante como era a África. Quis mostrar-lhe as montanhas, os vales, as planícies onde pastavam os animais e, por fim, deu conta de que no meio de um desfiladeiro não havia um rio, mas algo que deslizava na sua mão e quanto mais o tocava mais se engrossava. Retirou a mão assustada. Ele sossegou-a com a sua voz. Que era a sua vez de tomar a iniciativa de descobrir o Timor profundo, húmido e quente. Tateou com as suas mãos pela floresta negra dos seus cabelos, deslizou pelos troços do seu frágil rosto, atravessou a extensão do seu peito, dobrou as colinas dos seus pequenos seios, sulcou a lonjura do seu liso ventre e, por fim, descobriu junto de um desfiladeiro um parque atapetado de musgo onde aflorava um rio subterrâneo. Demorou-se nas margens e, quando da descida das águas, elevou-se no ar e, servindo-se da sua lança negra, grossa e comprida, atravessou-a no leito em movimentos contínuos e sincronizados até fazer verter uma enxurrada de um líquido pastoso, lava ou lama que deslizava pelos seus corpos. Deu um grito de vitória como há muito não o fazia, seguido de uma tremenda gargalhada que a fez ficar assustada. Anos depois do fim da guerra e, tendo-se certificado de que a promessa que ouvira da sua boca não foram palavras vãs, entregou-se-lhe de corpo e alma

De que te ris?

(achou estranho que o tivesse feito)

Fê-lo de tal forma que podia acordar os antepassados. Minha avó dizia para se justificar que Raimundo Chibanga gostava de sorrir. Gostava de mostrar os seus dentes fortes e brancos. Nunca havia passado pela sua cabeça que alguém fosse capaz de soltar gargalhadas depois de ter feito aquilo. Perguntou às outras mulheres se os maridos também o faziam. Se riam, se choravam, se cantavam, se rezavam ou se assobiavam antes de se virarem definitivamente para o lado. Que não, entravam mudos e saíam calados. Encheu-se de vergonha por achar que doravante, de todas as vezes que o ouviam soltar uma gargalhada haviam de pensar que estivessem a fazer aquilo. Ele explicou-lhe que era a altura certa de desfazer o muro ou o equívoco, pedra a pedra. Uma a uma até o dia em que não restaria nenhuma. Que a sua casa fosse um amplo espaço como era na sua África, onde as pessoas riam muito alto para que as que vivessem no extremo ou no corno pudessem ouvir as suas gargalhadas e desatassem a fazer também aquilo em contágio surpreendente. Haviam de rir muitas vezes. Fê-la rir também em voz alta depois de terem feito aquilo. Ela passou a ter uma vida mais risonha. Ria por tudo e por nada. Deitou fora a sua farda de caqui de expedicionário e que trajava sempre como forma de se proteger e vestiu-o com uma *lipa* atada pela cintura. Ensinou-lhe a mascar. A fazer as misturas certas da areca, do betel e *ahu*, os condimentos da masca, para formar uma rubra pasta. Ficou com os lábios gretados e vermelhos. Aprendeu a falar *mambae* e tétum ao mesmo tempo que descobriu o requintado gosto do *tua-mutin*, vinho da palmeira

Nunca experimentei!

Não sei a que sabe o vinho da palmeira. Sabes tu, ou mudaste-te também para uísque como fazem aqueles que zelam pelo nosso bem-estar? Bebe-se mais uísque numa esplanada em Díli do que num pub em Edimburgo. Não te rias, estranho homem, não te rias. Não foi por causa do seu requintado gosto pelo vinho da palmeira que foram presenteados com uma espada que alguém havia deixado à entrada da casa logo pela manhã quando ela se preparava para fazer o café. O aromático café de Manu-fahi. Adivinhou o recado. Que não devia esquecer-se da exigência dos antepassados. Cada um devia vingar os seus mortos até que as contas ficassem saldadas. Contas de cabeças cortadas para que de um lado ficassem iguais às contas do outro. Muitas rolaram de um lado e do outro. Como falar em sentença se tinha na barriga, que foi crescendo e avolumando, uma vida? Pegou na espada e apressou-se a enterrá-la no quintal. Colocou uma pedra por cima do amontoado de terras e desafiou os antepassados

Deixem-me viver!

(pediu aos antepassados)

Não foi o pedido que me fizeste. Interessa-me saber o que te traz a Manu-mutin. Se é o passado ou se é o futuro. Se é que existe um futuro que nos espera sem ser este que é sobreposição de sentenças que vamos acumulando do passado. Mas para lá chegarmos, ainda temos muito passado para andar. Medindo cada passo para não tropeçarmos nas pedras que fomos colocando nos atalhos para saltarmos por cima das poças de água. Não sei quem sejas. Não sei donde vens. Não sei quem eras antes de entrares nesta casa para me dizeres que gostarias de plantar abóboras. Duvido que saibas plantar ou semear alguma coisa. Também não precisas de semear ou plantar nada. Basta fazeres a prova dos noves fora nada que foste valente durante o tempo que durou a ocupação. Mas só o facto de teres abandonado tudo para vires ter comigo permite-me levantar duas hipóteses: ou vieste para te redimires de algo que fizeste de mal no teu passado ou para te confrontares com alguém por causa de um assunto que ficou pendente. Chegaste atrasado. Já cá não estão as pessoas por quem procuras. Uma porque se está nas tintas para o que pudessem pensar acerca dela e a outra porque se foi embora e nunca mais se lembrou de vir buscar o seu autorretrato

Deixem-me viver!

(para se libertar dos seus antepassados)

Repetiu amiudadas vezes esta frase como se repetindo pudesse ser ouvido. Se Raimundo Chibanga tivesse escutado a voz dos que lhe pediam para que cumprisse a tradição, há muito que ela estaria fora desse mundo e com a cabeça espetada numa estaca para afugentar os inimigos. E o futuro era a criança que crescia na sua barriga. Que foi crescendo e avolumando até rebentar pelas suas costuras. Nasceu forte, escuro e dotado de uma voz poderosa que lembrava a do pai. Chorava

muito alto para se fazer ouvir acima da voz rouca do progenitor que nunca mais parou de dar gargalhadas desde o dia em que em vez de colocar mais pedras por sobre o muro foi retirando uma a uma. A sua casa passou a ser um espaço aberto ou albergue para quem quisesse partilhar com ele o riso e o humor livre, regado com vinho da palmeira. Que o humor não havia de ter cor, assim como o amor. E foi nesse espaço aberto que nasceu o filho, escuro e forte como o pai. Deu-lhe o nome de Raimundo, o seu próprio nome, por ser um nome que na língua tétum designa a vasta terra inteira única onde habitamos
Qual é o teu nome?
Não te apresentaste. Também não me deste tempo para perguntar. Agarraste-te às minhas mãos como um náufrago para me pedires se podias plantar abóboras. Nem sequer me deste tempo para decidir se te queria dar a minha. Do meu pai, ninguém quis saber do seu nome. Chamaram-lhe de o pequeno *malae-metan*, por ser escuro como o seu pai. E foi o pequeno *malae-metan* que anos mais tarde havia de dar conta da presença de um visitante trajado de branco e que usava um chapéu colonial também branco por debaixo do qual escondia os seus olhos oblíquos. Alguém que havia de marcar para sempre a sua vida. A mesma pessoa que mais tarde havia de lhe oferecer um ganso branco a que deu o nome de *Sun Tzu* para proteger a granja. O mesmo pássaro branco que perpetuei nos quadros que estão expostos na parede da sala. Fui aprimorando a minha mão do primeiro ao último quadro. Há detalhes que escapam ao olhar de qualquer observador. Parecem todos iguais. Sei a ordem cronológica deles. Sei qual foi o primeiro ou o último. Um deles encerra um grande segredo. Suponho que foi para desvendares o segredo que guardo nesta casa que vieste a Manu-mutin
Quem procuras?
Perguntou o pequeno Raimundo ao estranho visitante trajado com roupa branca e que usava um chapéu colonial também

branco. Parecia ter muitos segredos guardados debaixo da roupa branca. Apresentou-se como próspero negociante. Andava por todo o Oriente e, por saber quão grande era o Oriente, podia dizer o que lhe apetecesse que ninguém havia de descobrir por que Oriente teria andado. Trazia uma proposta aliciante. Que o meu avô não precisava de fazer mais nada. Fizera o que tinha de fazer, a parte suja, na altura própria. Doravante quem havia de fazer o trabalho todo era ele, a parte limpa. Havia de contratar pessoal técnico para gerir a granja e mão de obra para a colheita, a secagem e a exportação do café para todo o Oriente com a marca "Insulíndia". Havia de o enriquecer de uma forma célere e torná-lo o homem mais rico desta terra se aceitasse a sua oferta. Retirou do bolso umas moedas de prata que fez deslizar nas mãos e passou das suas para as do meu avô Raimundo Chibanga

De pegar ou largar!

(nunca vi nenhuma pega de touros)

Talvez largar como também se fazia aos touros. Raimundo Chibanga foi posto perante essa situação como um toureiro antes de entrar em cena. Não sei o que faz um toureiro antes de entrar em cena. Vi numa revista um toureiro que o meu pai dizia ser parecido com o meu avô, vestido com o seu traje de *luces* e com uma bandarilha na mão. Havia ido de Moçambique para Portugal e pagavam-lhe uma fortuna para o verem ludibriar touros e cravava ferros nas costas dos bravos animais para soltarem as feras que tinham dentro deles. Chamava-se Ricardo Chibanga. Não sei se alguma vez levou com os cornos como resposta aos ferros que espetava nas costas dos bravos animais. Tinha pinta de bailarino que dançava na arena. Devia ficar apenas pela dança sem molestar o touro. Que certamente havia de lhe bater palmas se apenas dançasse marrabenta. O meu avô que veio de Moçambique também tinha o apelido Chibanga. Ignoro que fossem parentes. Não lhe deram nenhum traje de *luces* mas uma farda de caqui e uma espingarda para enfiar balas na testa dos nativos desta terra que se acoitavam nas matas e, como feras, o atacavam de todos os lados. Havia a lenda que se tecia a seu respeito que dançava marrabenta para se escapar das balas e lanças que lhe arremessavam das matas. Teve de tomar rápidas decisões, como desta vez em que o estranho homem lhe perguntou se aceitava ou não a oferta. Não lhe foi dado nenhum prazo. Parecia ter pressa o estranho visitante

De pegar ou largar!

Raimundo Chibanga nem pediu para pensar. Tinha a resposta pronta. De forma nenhuma havia de aceitar o que lhe fora proposto. Uma injúria. Havia penado tanto para fazer do terreno agreste e dos abandonados e doentios cafeeiros uma propriedade produtiva que nem por todo o dinheiro do mundo iria desfazer-se dela. Uma afronta. Mas o estranho visitante voltou a insistir que devia pensar no futuro do pequeno Raimundo que assistiu a tudo, vendo-o tatear com os dedos as moedas de prata e passá-las para as mãos do seu pai

Cheira!

(a suor e a mãos alheias)

Que devia cheirar para saborear o requintado aroma das moedas de prata; ou se tem ou não cheira! Devia pensar no regresso a África viajando num navio na companhia da sua família, não no porão, onde transportavam os *male-metan* de Moçambique que vieram fazer a guerra em Timor, mas num camarote, como o *malae-mutin* de Portugal. Lembrou-lhe que o *dato* Koli-bere era o proprietário do terreno e, por isso, os seus descendentes poderiam vir reivindicar a posse da terra e expulsá-lo desta casa com a sua família. Foi o que apurou junto das entidades administrativas antes de lhe apresentar a sua proposta

De pegar ou largar!

(como se faz com os touros)

Soava-lhe a chantagem. Optou pela segunda hipótese. Desde que largou as armas serviu-se das mãos para limpar os terrenos que era o que sabia fazer. O pequeno Raimundo havia de aprender a dar valor ao trabalho. Convidou-o a ir-se embora e devolveu-lhe o que lhe havia passado para as mãos. Ele voltou a cheirar as moedas e, antes de abandonar a casa, olhou para o pequeno Raimundo para lhe dizer que o pai havia deitado fora a única hipótese que tinham para viajarem até África. Não no porão, como aconteceu aos expedicionários que vieram de Moçambique, amontoados e sujos como o carvão, mas num camarote de onde pudessem ver o mar. Estendeu as moedas em sua direção

Cheira!

(talvez a mar)

Raimundo Chibanga interpôs-se impedindo que o filho o fizesse. Meu pai nunca viu o mar. As moedas de prata talvez cheirassem a mar. Como é o cheiro do mar?, perguntou ao seu pai, que de pronto lhe respondeu que era a suor, a urina, a fezes e a vómito dos que viajavam no porão. Apesar desta informação, não deixou de pensar na oferta do visitante. Era muito dinheiro que fazia pensar como alguém tão jovem pudesse angariar, no curto espaço da sua vida, tantas moedas de prata. Só se tivesse um tio poderoso como o irmão extraordinário que ficou com a guarda da galinha dos ovos de ouro ou que tivesse herdado fortuna de um parente que tivesse investido em hotéis e casinos que proliferavam em todo o Oriente. O estranho visitante disse que viajava por todo o Oriente. Gostava de cheirar o que houvesse para cheirar. Que foi o cheiro do café que o levou até Manu-fahi e provavelmente a cor do dinheiro

Ou se tem ou então não cheira!

O pequeno Raimundo ficou a sonhar que se o pai tivesse aceitado a oferta do misterioso visitante talvez pudessem viajar. Gostaria de conhecer e desvendar a África de onde o pai viera. Intrigado com a curiosidade do filho, lembrou-lhe que embora gostasse muito da África e do que lá havia, não estava nos seus planos fazer o regresso. Havia escolhido Manu-fahi para viver e depositara toda a sua esperança naquele pedaço de terra que haveria de lhe dar sustento e de ter uma vida digna como qualquer outra pessoa desta terra. A não ser que fossem mandá-lo embora por o considerarem um forasteiro de quem tivessem medo que se assentasse e lhes roubasse terras e propriedades

Quem és tu?

(outro visitante)

Raimundo, o pequeno, voltou a anunciar uma outra visita de alguém que se fez apresentar como sendo familiar do antigo proprietário que veio reivindicar a posse da terra. Não parecia viajante. Era alguém que nunca saíra desta terra. Não trajava de branco e nem cobria a cabeça com um chapéu colonial branco que fizesse sombra aos olhos. Vestia-se de *lipa* e andava descalço. Não tinha ares nem traje de quem tivesse vindo de muito longe, era mesmo dali, alguém que havia sobrevivido aos combates e andava fugido para que não lhe cortassem a cabeça. Não se parecia com nenhum antepassado e nem tinha modos que indiciassem que fosse de origem aristocrática. O porte era austero, robusto, os olhos duros e mascava *bua*, *malus* e *ahu* para esconder a inquietação. Distinguia-se pela forma brusca como falava e mostrava-se tenso por assumir uma relação de parentesco que havia escondido durante tanto tempo com medo de represálias ou, então, mais grave do que tudo isso, por ser um impostor que havia recebido moedas de prata do estranho visitante chinês para se fazer passar por familiar do *dato*. Foi perentório na sua mensagem. Tinham de abandonar a fazenda. Deu-lhes o prazo de uma semana findo o qual... não disse o quê e finalizou

Partam!

(mas para onde?)

Não percebiam da razão de ter aparecido aquele emissário que veio transmitir um recado. Se o *dato* Koli-bere ainda estivesse vivo não havia de reconhecer esse parente que era surgido do nada, numa altura em que estavam a recolher o provento de muitos anos de trabalho intenso, duro, continuado e absorvente quando os cafezais estavam a ser infestados pela doença da ferrugem. A visita aconteceu depois da outra feita pelo misterioso visitante. Na altura avisou que se não aceitasse a oferta, um familiar do *dato* Koli-bere podia aparecer mais tarde para lhe exigir a devolução da propriedade. Ficavam de mãos a abanar se não aceitasse a oferta. Posto perante esta cruel situação, perguntou por que razão o desconhecido não o fez na altura em que a propriedade estava abandonada e esperou calado todo este tempo e só posteriormente veio reivindicar a posse da terra para ficar com os proventos. Deduziu que as duas situações estivessem ligadas. Deu uma gargalhada que perturbou o visitante que perdeu a compostura e, de dedo em riste, apontou para *loro-monu*, o lado do sol-posto

Partam para a África!

(não sabia onde ficava África)

Mas foi para os lados de *loro-monu* que apontou. Sabes tu para que lado fica África? Prefiro a versão que diz que fica para os lados de *rai-balu*, o outro lado da terra, lá longe, onde o sol arde com mais força e queima a pele. Pouco me importa saber se vieste de *loro--monu*, onde o Sol se põe, ou de *loro-sae*, onde o Sol nasce. Não me oriento pelo Sol, se queima a pele ou a alma, prefiro a miragem da Lua, que me desperta estranhos sentimentos e me apura os sentidos. Quando fico fora de mim, subo e desço como as marés, mostro o que tiver de mostrar e cubro o que tiver de cobrir. Não te assustes. Não há nada de anormal no que te disse. Outras mulheres dir-te-ão o mesmo. Isso e o resto.

Provavelmente queres saber se foi por causa da cor da minha pele que deram o nome de Manu-mutin a esta terra. Não foi

esse o motivo. Mais tarde terás a explicação. Manu-mutin também é nome de galo. Galo branco. Como deves saber, galos são para os homens. Matam-se os galos uns aos outros para mostrarem quem é o mais valente. Matam-se os galos uns aos outros por causa da galinha dos ovos de ouro. Melhor fora que tivessem tirado à sorte para escolherem o vencedor. A loucura é feminina. Sou como o estranho pássaro que não canta, não voa, nem se deixa domesticar. Pousa onde tiver que pousar. Talvez estranhes que tendo uma pele clara de *malae-mutin*, te tenha dito durante esse tempo todo em que me ouves como um menino de escola primária que os meus antepassados tinham pele escura de *malae-metan*. Não há equívoco nenhum, nem mutação genética ou outro tipo de transtorno que pudesse colocar em causa a minha pertença. Nunca em momento algum tive dúvidas. Sou da pele que tenho e nunca me senti estranha por tê-los como meus progenitores. Já lá iremos. Talvez seja do teu interesse saber quem sou eu e de onde venho. Se de *tasi-balu* por causa da cor da minha pele ou de *rai-balu*, a minha carne, o meu corpo, provavelmente do lado da noite onde todos se parecem com sombras
Serei eu também uma sombra?
(por viver na sombra da minha própria sombra)
Não há sombra que possa perdurar para sempre. Não há sombra de que não se possa apagar-lhe o rasto. Foi o que quis fazer quando decidiu ficar. Apesar de ter dado provas durante esse tempo todo de que era uma pessoa com uma vida normal, persistiam em dizer que Raimundo Chibanga continuava a ser uma sombra daquilo que fora a sua imagem de marca durante as campanhas ditas de pacificação onde foi extremamente cruel. Ela achava que era a altura exata de se irem embora para qualquer lado, tivesse o nome de África ou Arábia, mas que fossem embora, demorassem o tempo que fosse necessário, haviam de chegar a algum lado. Continuando a viver

nesta terra pressionada pelos antepassados temia que viesse a ficar louca e fora de si para executar o que lhe pediam; matar quem a salvou da morte. Chamou-o para junto de si e revelou-lhe que este era o plano que os antepassados tinham para ela. Foi buscar a espada que havia enterrado no quintal e mostrou-lhe. Ele soltou uma gargalhada ainda mais sonora como se tivessem acabado de fazer aquilo. Um absurdo. Ele que a poupara da morte havia de morrer precisamente às mãos dela por ordem dos antepassados. Devia arranjar outros antepassados que fossem mais razoáveis

Acordem!

(ainda não era África)

Ela acordou-os do sono arrancando-os das esteiras onde adormeciam. O pequeno talvez sonhasse com viagens e o grande com a forma de se libertar das ameaças de uns e de outros. Era a última noite do prazo que havia sido concedido pelo emissário que se apresentou como sendo o descendente do *dato*. A casa estava a arder e com eles lá dentro. Não tiveram tempo de recolher as suas pertenças e puseram-se fora dela. Foi tudo muito rápido. Em pouco tempo a habitação estava em chamas. Quis fazer deste local um sítio seguro onde pudessem trabalhar para terem uma vida digna independentemente de terem nascido neste ou noutro lugar, de terem feito coisas menos dignas no passado por razões circunstanciais em que todos, sem exceção, por um ou outro motivo, tivessem perdido o bom senso. Que só o trabalho duro na terra os podia libertar dos pecados da guerra. A cultura do café podia e devia desempenhar esse papel. Anos de dedicação e persistência para depois recolher os frutos. Não queria viver de qualquer tipo de recompensa por ter sido vítima da guerra ou ter participado nela

Alguma vez plantaste?

Árvores que fazem sombras aos cafeeiros. Felizmente estavam intactas. Não arderam. Havia a esperança de recomeço e de voltar a reconstruir a casa. Mas ela estava decidida a partir. A mensagem estava implícita. Quem pôs o fogo fê-lo com o objetivo de os assustar ou então, mais grave, de os matar. Pensou no pequeno Raimundo e agiu conforme a mulher lhe havia sugerido. Se conseguiu construir nesta terra uma fazenda, também seria capaz de o fazer noutro lugar. Passou-lhe pela cabeça se havia de pôr fogo ao cafezal, uma vez que foram expulsos. Tudo foi feito com muito do seu sacrifício e não gostaria que alguém viesse a colher os frutos. Afastou o mau pensamento fazendo um gesto brusco com a mão, como se dissesse: corta! Se o fizesse, dava razão aos que haviam levantado suspeitas sobre o seu caráter. Raimundo, o pequeno, puxou-lhe pela roupa e obrigou-o a afastar-se. Não havia mais nada a fazer

Para onde vamos?

Perguntou ao pai e no seu íntimo tinha a esperança que dissesse para África como sugeriu o visitante que lhe prometeu fortuna. Pensou ter ouvido África da boca do seu pai, quando apontou na direção de *loro-sae*, no sentido contrário ao de *loro-monu* para onde o mensageiro apontou para lhe mostrar o caminho mais curto para África. Raimundo Chibanga optou pelo caminho mais longo. Estavam a tomar outro rumo que não a direção do mar. Não querendo contrariar o progenitor, optou por se manter calado. Como o pai veio de África, certamente havia de descobrir o caminho de regresso. Tinham de começar por algum lado. Escolheu o caminho das montanhas. O pequeno Raimundo deu um longo suspiro por saber que em Timor havia tantas. Umas mais azuis do que outras. Encobriam-se umas às outras. A última talvez terminasse num promontório. Depois o mar bravo e o visitante chinês vestido de branco com um navio à espera deles para os levar para África. Deu-lhe para sonhar. Tinha dúvidas quanto às intenções do pai. Se realmente tinha vontade de voltar a África

Andem depressa!

(como se estivessem em fuga)

Ela à frente, só queria andar para a frente, em passo acelerado, eles atrás, com muito vagar, em marcha lenta, como se a puxassem para trás. Pediu que se apressassem, tinham montanhas para subir e ribeiras para atravessar na certeza de que no fim da caminhada estariam longe da perseguição dos antepassados. Colocava a cabeça em baixo para medir os passos como se colocando a cabeça em baixo andasse mais depressa. Exigia que fizessem o mesmo. Eles nem por isso. Andavam de cabeças levantadas olhando para as estrelas que tinham pela frente. O pequeno Raimundo caminhava ao lado do grande Raimundo e perdia-se em obscuros pensamentos em como havia de proceder se um dia viesse a ser um antepassado. Cada pessoa carrega dentro de si um futuro antepassado. Uns mais representativos do que outros. Mas todos muito exigentes. Mais tarde, numa das suas alocuções, meu pai disse-me que cada um devia aprender a domesticar em vida o seu antepassado para que não fizesse exigências do outro mundo. Claro que estando no outro mundo seria natural e lógico que o antepassado só fizesse exigências do outro mundo. Caminhavam cautelosos como gatos

De que foge o gato preto?

(que se confunde com a noite)

Não cometeu crime algum pelo qual tivesse sido julgado e condenado. Durante o tempo de guerra todos mataram. Sem exceção. Os bons e os maus. Alguns continuaram a fazê-lo mesmo depois da guerra nos rituais de consagração dos vencedores ou nas desforras familiares. Recusou participar no cerimonial da vitória e, por esse facto, estava tranquilo. Tinha pena de abandonar aquele pedaço de terra que lhes garantiu sustento durante esses anos todos. Quem veio reivindicá-lo devia ter ido procurar uma leira num lado qualquer e trabalhasse nela com afinco para ganhar o seu sustento. Se plantasse cafeeiros até podia ficar rico. Podia vender o café em todo o Oriente, como sugeriu aquele estranho senhor vestido de branco que lhe acenou com moedas de prata

Cheira, Raimundo, cheira!

(ou se tem ou não cheira!)

Raimundo Chibanga declinou a oferta. Talvez tivesse dúvidas que as moedas fossem verdadeiras, talvez cheirassem a lata, porventura a suor e a qualquer coisa que usava no cabelo e, por causa do calor, derretia-se e escorregava pela testa abaixo. Não quis esbanjar trabalho de tantos anos em que penou, meses em que lhe pareceu que tudo estivesse perdido e dias em que desejou que fossem só noites. Resistiu a tudo até à noite em que alguém pôs fogo à casa e ainda dormiam. A habitação ficou reduzida a cinzas. Podiam ter ficado esturricados. Quem o fez não teve pena deles. Pura maldade. Havia decidido ir-se embora por achar que não lhe assentava bem assumir o papel de santo que fora obrigado a entregar o ouro ao bandido e ter ficado satisfeito com o seu gesto. Achava que era uma guerra perdida por ser considerado forasteiro. Não lhe restava outra saída senão mudar de lugar. Também não se considerava um fugitivo

Nunca fugi!

Assim declarava pelos sítios por onde passavam. Quem fugia era ela, a mulher. Fugia da sentença dos antepassados. Uma violenta sentença. Tinha de matar o homem que a salvou da morte. Podiam ter dado como alternativa que recorresse a outro meio qualquer sem ser através de *mate-mean*, a morte vermelha. O envenenamento era uma prática corrente no Oriente. Subtil e eficaz. Sem precisar da lâmina. A sentença obrigava a que só o fizesse quando ele estivesse a dormir nos seus braços depois de terem feito aquilo. Havia de dormir sem dar por nada depois de terem feito aquilo. Ela levantava-se da esteira e, num movimento lesto e decidido, separava-lhe a cabeça do corpo com uma afiada lâmina. Depois talvez lamentasse que o fez pressionada pelos antepassados. Embora não fosse razoável teria a compreensão dos demais por ter cumprido uma lei ancestral: cada um vinga os seus mortos. Ela não sabia como havia de se livrar da perseguição dos antepassados. Estava em fuga. Livrar-se de um carrasco, só por si, era um ato de coragem. Se atravessasse o mar estaria a salvo. Estaria? Mas era uma hipótese muito remota. Ele não havia de querer se aproximar do mar

De quem fogem os gatos?

(da água, do fogo e dos cães)

Um ruído de fundo foi crescendo como se alguém tivesse utilizado um cavalo que a trote viesse em perseguição dos fugitivos. Viraram-se para se certificarem se era mesmo cavalo a trote ou gatos em fuga por se terem molhado na água fria ou por terem posto o rabo no fogo. Depararam com um terrível cenário. As chamas dadas como extintas voltaram a reacender, alastraram pelo cafezal e ameaçavam propagar-se pelas montanhas circundantes e aldeias adjacentes. Mantiveram-se quietos e contemplativos diante do terrífico e belo espetáculo. Ouviam agarrados uns aos outros o cantar das labaredas. A ópera do fogo. De repente, Raimundo Chibanga desatou aos berros, uma grande choraria. Nunca o havia feito na presença deles. Nos momentos mais dramáticos sorria sempre. Mas desta vez chorava como uma criança desesperada

Não fui eu!

(quem teria sido?)

Jurou com todos os seus dentes que não foi ele quem pegou fogo ao cafezal. Antes de abandonarem o local da habitação certificara-se de tudo para saber se as chamas estavam realmente apagadas. A casa estava reduzida a cinzas e não havia mais nada para apagar ou salvar. Ainda pensou pegar fogo à plantação de café. Reduzir tudo a cinzas num ato de vingança. Mas de imediato recusou tal ideia e foi-se embora. Nunca mais quis olhar para trás. Não havia mais nada para olhar para trás. Inconsolável baixou-se e deitou-se ao comprido na terra, rebolou no chão, esticou as pernas, deu pontapés nas pedras, esbracejou e espumou pelos cantos da boca. Cravou as mãos no solo com raiva e retirou um punhado de pó de terra para o atirar contra o vento como se quisesse apagar as chamas. Continuou a gritar para que o ouvissem, que não foi ele quem pegou fogo ao cafezal. Nunca faria essa maldade. Foi quem reconstruiu a propriedade. Se o fizesse seria como se ateasse fogo ao seu próprio corpo e ardesse por dentro e por fora. Conhecia cada árvore e cada lanço de terra

Não fui eu!

(quem teria sido?)

Pegou nas mãos da mulher e do filho rogando para que acreditassem que não foi ele quem cometera a maldade. Responderam que nunca em algum momento puseram em causa a sua honorabilidade. Não devia e nem precisava de se prostrar desta maneira. Muito menos de fazer essa triste figura. Ele era o *asuwain manu-metan*, o valente galo preto que veio de *rai-balu*, o outro lado da terra. Talvez tivesse sido o vento e talvez outra pessoa e talvez muita coisa junta que não interessava mais saber quem tivesse sido o responsável. Não sabiam como ajudá-lo. Desconheciam o seu passado. Como era na sua África e como reagia perante situações em que a sua integridade era posta em causa. Foi o próprio que se pôs em causa. Não por causa da guerra contra o *liurai* Boaventura de Sotto Mayor, mas por ter pensado numa hipótese de praticar um ato hostil durante o tempo de paz que o próprio achava condenável

Mataste?

Numa guerra ninguém faz considerações morais: ou se mata ou se morre. Mata-se e pronto. Mataste quantas pessoas, antes de entrares nesta casa para me dizeres que gostarias de plantar abóboras? Não precisas de me responder. Se tiveste de o fazer foi certamente ao serviço da Pátria. Fora de mim pensar em outras absurdas hipóteses. Haverá alguma que seja mais convincente do que matar por medo que te matem a ti? Não foi o medo que levou Raimundo Chibanga a espumar pelos cantos da boca. Talvez desespero ou fúria. Colocaram a hipótese de que tivesse sido por causa da epilepsia ou *bibi-maten* quando alguém executa os gestos de um cabrito moribundo que resiste à morte: estica as pernas e o corpo todo, expele baba pelos cantos da boca e fica com os olhos mortiços. Felizmente não mordeu a língua que lhe permitiu dizer que não foi ele quem pegou fogo ao cafezal. A outra hipótese foi por conta da mulher, que tivesse sido possuído por um espírito maligno. Certamente por ter ouvido o catequista narrar episódios da Bíblia sobre demónios que entravam pelo corpo das pessoas e diziam coisas deste e do outro mundo. Também os animistas comungavam dessas superstições. Combinaram ficar atentos aos pequenos detalhes que pudessem dar indicações a propósito de perturbações antigas ou recentes. Cada pessoa carrega dentro de si os seus fantasmas à espera de ocasião propícia para os largar

Para onde vamos?

(para todo o lado e para nenhum)

Perguntou-lhes se sabiam para onde iam. Estranharam a sua pergunta. Foi ele que escolheu o caminho das montanhas e, por isso, devia saber por onde andavam e para onde haviam de ir. Levantaram suspeitas sobre a sua saúde mental por causa do episódio do reatar do fogo e da sua pueril reação. Levou-os por caminhos desconhecidos, entraram em territórios estranhos e perderam-se num tempo em que se viram fora do tempo. Ambulantes foram sempre em frente, ainda que no fim da linha dessem meia-volta e, depois, continuassem a andar sempre às voltas sem se darem conta de que alguns dos sítios já haviam sido percorridos por mais do que uma vez. Perderam as contas das voltas que deram à ilha. Era óbvio que o tempo passara. Quanto tempo? Muito tempo. Meses, anos, décadas? Raimundo, o pequeno, tornou-se grande. Aprendeu a sobreviver na floresta servindo-se apenas dos sentidos como fazem os animais, também por ter um bom mestre. Havia dado conta desde o início de que o seu pai não estava de forma nenhuma interessado em fazer o regresso. A África que tinha dentro dele, mais do que um território, era um percurso. Ao fazer a pergunta quis recuperar o nome da terra que se lhe escapara da memória

África!

(um nome, um lugar)

Lembrou-lhe o pequeno Raimundo, com o mesmo sorriso tímido. Foi o nome que julgou ter ouvido do seu pai antes de abandonarem Manu-fahi. Os seus olhos ganharam novo brilho. Recuperou na sua memória um nome, onde se encaixava um lugar para onde tencionavam ir e chegar. O filho podia ter dito outro nome qualquer, mas escolheu dizer África para lhe lembrar que para lá caminhavam. Há muito que andavam que perderam a conta do tempo. Por fim, cansados do modo de vida que levavam, indicou na direção das montanhas que ficavam lá longe, cobertas de uma densa neblina que as embranquecia como neve, dizendo que era a África que procurava. Mas antes tinham de atravessar a ribeira grande que fazia fronteira do que separava o terreno desbravado do incógnito. Haviam de vir recebê-lo como esperava ser recebido em Moçambique

Esperem!

Ela reparou que dentro da água havia um estranho e volumoso ser que se movia de um lado para outro como se estivesse naquele lugar com determinada função que lhe fora atribuída ou conquistada, o de guardador das águas da ribeira. Não precisou de adivinhar. Sabia muito bem quem era. Assim como as terras, as águas das ribeiras também tinham donos ou *be-nain* que no caso concreto era, nada mais, nada menos, que o feroz antepassado. Não disse o nome. Faltar-lhe-ia respeito se o pronunciasse. Chamou-lhe de antepassado. Ambos reagiram com ironia. Que ela via antepassados em todo o lado. Este foi mais astuto que todos os outros e veio esperá-los na grande ribeira. Adiantou-se-lhes. Como se tivessem encontro marcado para fazerem o ajuste de contas. Iria perguntar-lhe da razão de não ter cumprido a sentença. Devia tê-lo decapitado depois de terem feito aquilo e foram tantas as vezes que o fizeram, assim como as gargalhadas que espalharam durante noites seguidas, ao invés de tentar fugir com ele para África traindo a lei ancestral. Reagiram com incredulidade e pavor quando ela lhes deu a conhecer o rosto do seu antepassado. Podia ter escolhido um ser mais afável. Não precisava de arranjar um tão feio e assustador. Lembraram-lhe que para chegarem a África tinham de se livrar dele a todo o custo

Não o matem!

(por ser seu antepassado)

Um antepassado não podia morrer pela segunda vez. Foi o pedido expresso dela. Em troca foi-lhe solicitada que aceitasse o desafio de ser a isca de uma armadilha que tinham em mente para o imobilizar de forma que pudessem atravessar a ribeira sem que fossem molestados. Escavaram a areia da margem esquerda onde se encontravam, fizeram um enorme buraco com uma boa profundidade e cobriram-no com ervas, ramos e folhas secas. Mais atrás ergueram um poste fixo onde a deixaram atada. Colocaram-se a uma distância razoável, muito atentos e armados com as respectivas lâminas. Quando o Sol despontou, viram-no aproximar-se, lentamente, da presa. Ela fez um pequeno gesto para afastar uma mosca que havia pousado no seu nariz e, instigado pelo movimento de uma das mãos, o antepassado aumentou a velocidade da sua marcha e acelerou para o ataque. Ela cerrou os olhos para não ver a fúria do avô. As ramas cederam, ouviu-se um estrondo e uma queda no abismo. O grande sáurio estava imobilizado no buraco. Soltaram-na depois do susto. Tendo o crocodilo à mercê, acharam que deviam dar-lhe o golpe de misericórdia. Era o que fariam numa situação de guerra. Entre crocodilos e os humanos sempre houve guerras. Uma guerra entre dois seres que sempre se odiaram. Fingiam que se respeitavam. Mas na calada cada um fazia o que lhe desse na gana. Lembraram-lhe que se não fosse a armadilha estaria morta. Devorada pelo seu próprio antepassado. Um triste e lamentável fim. Ela azedou o seu discurso dizendo que deviam cumprir as suas palavras. Assumiu a sua parte. Fez de isca atendendo ao pedido deles. Dos três foi quem esteve mais exposta ao perigo e à morte. Mas se levassem por diante o que haviam pensado fazer, teria forçosamente de cumprir não apenas uma, mas uma dupla sentença. Teria necessariamente de os matar, um após o outro. Caso honrassem as suas palavras tinha a certeza absoluta de que os seus gloriosos antepassados também haviam de ignorar a sentença que ela devia executar. A razoabilidade prevaleceu para contentamento familiar. Deixaram-no vivo, mas na cautela puseram-se em fuga, o mais rápido que podiam

Não é a África!

(o fim do percurso)

Sentenciou quando chegaram a um lugar com uma densa floresta onde chovia ininterruptamente, envolvido por uma espessa neblina. Raimundo Chibanga parecia desiludido com o que se lhe oferecia. Não era o que esperava encontrar. Na sua memória, lembrava-se de um país moreno exposto ao sol e estendido junto ao mar. O lugar parecia ficar no fim do mundo, enfiado entre montanhas, onde dificilmente alguém lá entraria a não ser que fosse para fazer um pedido especial, como esperei que fizesses quando agarraste as minhas mãos

Pede-me!

(a alma, o corpo e a vida)

Pediste que te deixe plantar abóboras. Caramba! Sou melhor que uma abóbora. O meu corpo é a minha casa sagrada. Nunca alguém aqui entrou sem ser através da violência. A Manu-mutin vieram por causa de emprego, negócios, de refúgio, um da minha proteção e atrás dele vieram os militares indonésios que eram uma espécie de *komodos* travestidos de humanos. Vieram já de braguilhas abertas. Houve alguém que ousou cá entrar para pedir a minha mão. Assustou-se com a receção que lhe fez o meu pai. Nunca mais voltou para pedir coisa alguma. Não penso que tivesse desistido de mim com medo do antepassado que guardava a ribeira e que morreu de lutas internas pelo domínio das águas. Uma maneira muito triste e estúpida de morrer. Acontece aos velhos crocodilos. Também com as velhas crenças. Acredito que não vieste por nenhum dos motivos que citei. Esquece essa tua pretensão de plantar abóboras

Pede-me!

(a alma, o corpo e a vida)

Sou muito melhor que uma abóbora. Lembro-te que foi o irmão extraordinário a primeira pessoa que fez saber que no dia em que abandonasse a política ativa iria plantar abóboras. Arrependeu-se logo de seguida por saber que nunca alguém enriqueceu a semear abóboras. Café, sim, deu muito dinheiro. Aos *malae*, aos china, aos *liurai*, aos *bapak*, também ao meu pai, o autoproclamado comendador da República de Manu-mutin. O irmão extraordinário não quis saber dos cafeeiros para nada. Demoram tempo a frutificar. Ele tinha pressa. Muita pressa. Virou-se para o imenso oceano. Quer construir o *au-kadoras* que haverá de trazer o *mina-rai* que distribuirá pelas latas vazias de quem lhe for beijar a mão.

Segundo andamento

Manu-mutin!

É nome desta terra. Não sei se é nome de terra prometida. Não sei se existe terra prometida. Existindo, quem teria feito a promessa? Não creio que tivesse sido o meu pai, o pequeno Raimundo e autoproclamado comendador da República de Manu-mutin. Suponho que vieste até aqui com o propósito de encontrar um lugar onde realizar o sonho que te fora prometido quando iniciaste a demanda. Nunca prometi terra a ninguém. Nem ao meu noivo. Se esta terra fosse a prometida teriam ficado em Manu-mutin todos os contratados que se foram embora com latas vazias, à espera do *mina-rai* que chegará do fundo do mar no *au-kadoras* ou torneira prometida pelo irmão extraordinário.

Raimundo Chibanga depois de ter conduzido a sua família até ao local que julgava ser o ideal onde poderiam e deveriam viver em paz, ficou desiludido. Percorreu um longo caminho, cheio de peripécias, ao longo do qual desfez muitos dos seus equívocos. Afinal o sítio desejado, não era a África, como seu filho pensou ter ouvido da sua boca no início da demanda, mas um local inóspito, perdido no meio da floresta, da névoa, das brumas e do frio das montanhas. Sabia que por terra nunca havia de chegar a África. Só por mar e num navio de longo curso. Assim veio de Moçambique. Como resolveu sair de forma voluntária, convenceu-os de que haviam de chegar a algum lugar, tivesse o nome África ou outro qualquer. Devia saber para onde iam. Todos os que partem pretendem chegar a algum lugar. Demorem o tempo que demorarem, dias, meses, anos, décadas ou nunca. Perguntarás da razão de Raimundo Chibanga ter ficado desiludido. Não sei a resposta exata. Suponho que tivesse sido por ter encontrado algo que não tinha correspondência com o seu mapa interior colorido, exuberante e luminoso. Assim acontece com as promessas, sejam elas de negócio ou do amor

Vieste atrás de um amor?

Talvez de um negócio, dado que do amor uma pessoa tem muitas desilusões na vida. Algumas são de ordem pessoal e outras coletivas, como acontece com o momento por que passa a nossa Pátria. A desilusão pelo excesso de medidas. Foi tudo em grande, os sonhos e as expectativas. Pena não termos a mesma grandeza para aceitarmos que afinal de contas somos iguais aos outros. Tão maus como os maus e tão bons quanto os bons. Passada a fase romântica da luta heroica que nos elevou tão alto como a montanha de Ramelau, fomos escorregando pela encosta abaixo e descemos tão baixo que metemos a mão no lodo e na lama na disputa pela posse da galinha dos ovos de ouro. Cada um de nós é feito pelas expectativas que tem da vida, de si próprio e dos outros. A desilusão de Raimundo Chibanga não foi por falta de expectativas. Manu-mutin era uma terra virgem e prometia um grande futuro. Desinteressou-se dela logo no primeiro dia. Nem perguntou se tinha nome, oculto, sagrado ou gentio. Como seriam todas as terras antes de serem nomeadas por quem chegasse. Teria sido melhor que o meu avô tivesse partido logo no primeiro dia e continuasse a sua itinerância em busca da terra prometida e, sendo, só podia existir no seu mapa interior.

Fizeram uma longa marcha. Perderam-se no espaço e no tempo que no nosso imaginário se pode caraterizar pela expressão *rain-fila* ou a terra ao revés. Os animistas dirão que foi a terra que lhes deu a volta. Andavam às voltas sem saberem por onde andavam e para onde iam. Acho que se perderam ou por desconhecimento do território ou por vontade de usufruir da itinerância. Sem poiso certo nem pertenças definitivas. Andavam um dia atrás do outro, uma terra atrás da outra, sem nenhuma preocupação com o destino. De tanto andarem e cansados da vida errante que levavam, assim que vislumbraram as montanhas brancas que lhes apareceram no horizonte, assumiram-nas como sendo a terra prometida. Queriam-nas prometidas, à força de tanto as desejarem

Canso-te?

Pergunto se estás cansado de me ouvir. Tenho essa voz que sempre tive. Lia em voz alta para ouvir a minha voz. Gosto de ouvir a ressonância que ela faz no meu peito. Lia a saga de Don Quijote de la Mancha e do seu escudeiro Sancho Pança. O meu noivo gostava de me ouvir ler o livro de Miguel de Cervantes em língua espanhola. Provavelmente por me achar parecida com uma espanhola. Fechava os olhos como se ouvisse uma cantante andaluza. Quando lá chegaram não viram ninguém. Uma terra desabitada, inóspita e fria. Haviam de lhe dar um nome que fosse de acordo com as suas expectativas. Mas qual nome? Tendo tido um caso de sucesso noutra terra, tentariam replicar nesta o mesmo modelo. O óbvio seria que lhe dessem o nome de Manu-metan e construíssem uma outra granja com o nome República de Manu-metan. Seria algo como ressurreição

Ressurreição?

A primeira hipótese que se levantou quando não os encontraram entre os resíduos e escombros foi que tivessem morrido durante o incêndio. Reduzidos a cinzas e ao pó com os bens que tinham em casa. Se assim fosse, o assunto ficaria arrumado. Passavam a vassoura, uma e outra vez, pelo chão, para que nenhum vestígio denunciasse que tivesse sido um ato criminoso. A fuga foi a hipótese que mais agradou aos interesses dos homens que haviam provocado o incêndio por os ter livrado do sentimento de culpa e também do remorso. Conseguiram os seus intentos tendo-os posto fora da granja. Mais fácil do que esperavam. Embora se tivesse virado o feitiço contra o feiticeiro uma vez que as chamas se foram espalhando pelas árvores e propagaram-se por todo o cafezal. A República de Manu-metan ficou reduzida a cinzas. Voltou tudo ao que era dantes. Quando os galos cantavam e lutavam para se entreterem

No princípio eram os galos!

Galos de todas as cores e tamanhos. Lutavam só com esporas por causa das galinhas. Não havia galo que não quisesse ser o *liurai* da capoeira, enfeitado de penas garridas. Raimundo Chibanga era o galo preto que andava sem rumo certo com a sua família às costas. Quando se viram livres das ameaças também se livraram de uma situação penosa que não gostariam de ver repetida noutra localidade. Talvez à saída tivessem passado a mão pelos olhos para limparem as lágrimas e tivessem sacudido as cinzas dos pés. Se sobreviveram foi por instinto. Mantiveram-se vivos apesar das peripécias que tiveram no longo percurso que fizeram. Ninguém morreu e, por esse facto, não houve ressurreição. Não creio que a tua vinda seja vista como ressurreição. Que voltaste a esta terra para te vingares de algo que não fizeste na tua última passagem. Admito que já estiveste nesta terra e nesta casa. Esquece as desforras e também as vinganças se me pedes que te deixe plantar abóboras. Abóboras? Precisas de ter a consciência limpa e mãos lavadas para semeares abóboras. Não acredito que vieste fazer um ajuste comigo por causa da forma como seguras as minhas mãos. Nunca alguém havia segurado as minhas mãos da forma como o fazes

Quem procuras?

Como podes ver pelos teus próprios olhos além de mim nem sombras de outrem. A única sombra que existe em Manu-mutin ainda é a minha. Tenho dúvidas se sou eu que faço sombra

ou serei sombra da sombra que faço. Onde foste buscar estas mãos que em tudo são partes estranhas do corpo que apresentas? Parece que tens mãos emprestadas. Mãos de outrem. Mãos ágeis, finas e delicadas. Não sei se és tu que me enganas ou se são as tuas mãos. Ou se és tu que me enganas com as tuas mãos. Mas voltemos aos tempos dos povoadores. O mundo foi feito mais por povoadores do que por fundadores. Os mais afoitos chegaram primeiro. Vindos não se sabe donde. Não tinham outro objetivo que não fosse o de se instalarem. Sem outra perspetiva imediata que não fosse a da partilha temporária do lugar. O nome foi o início da apropriação. O pecado original. Quando os povoadores se transformaram em fundadores. Privatizaram a terra que não pertencia a ninguém. Nomearam-na e passou a fazer parte de uma pertença. Foi o que aconteceu com esta terra de Manu-mutin. Pertenceu primeiro ao meu avô, que se desinteressou dela, desde o primeiro dia, ao meu pai que se agarrou a ela, desde o primeiro dia. Pertence-me até o meu último dia
Pertenço-te!
A ti, não, ao meu noivo que nunca mais apareceu por andar desiludido comigo. Raimundo Chibanga apesar de se sentir desiludido decidiu instalar-se nesta terra com a sua família. Depois de tudo o que lhes aconteceu não fazia sentido algum repetir a obra feita. Manu-metan só teria relevância numa terra que tivesse uma história como a de Manu-fahi onde houve galos nativos que se armaram com lâminas para se verem livres de galos estrangeiros. Pouco me importa saber se vieste de *tasi-balu* ou de *rai-balu* de onde vieram os galos estrangeiros. Foram tantos que invadiram esta terra. Faziam-se acompanhar de arraiais de outros reinos que, em querendo mostrar-se leais, marcharam para as terras dos rebeldes com tambores e cantos de guerra. Muita gente foi morta. Também pela doença e pela fome, cercados nas matas e grutas das montanhas
Não chores!

Em Manu-mutin ninguém chorou. Não houve guerra. Não tem um historial de luta de galos. Uma terra limpa de sangue. Depois de terem sido expulsos seria natural que arranjassem um nome que não tivesse nenhuma relação com o passado. Sendo uma terra coberta pela densa neblina, que tivesse um nome que revelasse alvura. Mas um galo nunca se esquece de que é sempre um galo. Afia as esporas quando se coça. Fica bravo quando se cruza com outro bravo. Levanta as cristas. Rodopia. Se nesta terra criassem galos nasceriam brancos. Segundo essa teoria de que o local é que faz a cor da pele ou penas. Falaciosa como tantas outras que à saciedade tentam explicar a origem das raças. Os africanos teriam nascido vermelhos. Rubros e quentes da terra vermelha. O meu avô teria nascido com uma outra cor de pele e certamente um outro nome. Em vez de *manu-metan* lhe dariam o nome de *manu-mean*, o galo vermelho

Manu-mutin!

Anunciou que por ele o local podia ter o nome de Manu-mutin por causa da cobertura branca da espessa neblina que lhe lembrava um ninho de penas brancas. Supostamente de uma ave rara, alva e agourenta que tivesse vindo aqui procriar. Não havia de passar pela cabeça de outros que Manu-mutin fosse uma terra criada pelo soldado africano que no passado afrontou tudo e todos por ter instituído na terra do *liurai* de Manu-fahi uma granja chamada República de Manu-metan. Deu-lhe o nome de República sugestionado pela mudança política ocorrida em Portugal, onde acabaram com o regime monárquico e em Timor com os régulos insubmissos. Promoveram outros que ascenderam aos seus lugares e distinguiram-nos com altos postos militares como majores ou coronéis com a salvaguarda de que fossem só e apenas de segunda linha. Mas disse-o com tal severidade que estranharam como se tivesse reclamado

Não sou daqui!

Talvez fosse por causa do tempo frio que se fazia em Manu-mutin. Raimundo Chibanga desistiu desta terra, desde o primeiro dia que a viu. Não sei o que viu. Não sei o que lhe deu. Desistiu de tudo, inclusive dele próprio. Fechou-se por dentro e trancou-se por fora. Quando chamou a esta terra de Manu-mutin não o proclamou com o mesmo entusiasmo quando deu o nome Manu-metan à propriedade que fora de um maioral insubmisso de quem já não se lembrava do nome e também do apelido. Meu pai não teve apelido. Só teve direito a nome que era o mesmo do meu avô. Também para que lhe servia o apelido, se lhe bastava o nome? Raimundo Chibanga achava que todo o apelido servia como uma armadura para sua própria defesa e que um dia havia de lhe revelar o dele antes de fazer a última viagem. Avisou que não gostaria que alguém o acompanhasse. Desde a sua chegada a Manu-mutin que se ausentava durante o dia inteiro a deambular pelas matas circundantes com a intenção de explorar o que havia no interior destas montanhas sempre cobertas de intensa neblina. Não encontrou ovo de serpente nem pena de estranha ave canora

Não sou daqui!

Desiludido com o que viu, disse que Manu-mutin não era terra, mas um berço. Berço de um animal qualquer que se ausentou, enfastiado com tanta frescura. Meu pai estranhou que tivesse dito berço. Onde teria visto um berço uma vez que foi numa esteira que o aconchegaram e a única coisa parecida com calor de um berço era a lareira que se acendia no mesmo espaço onde se deitavam e cozinhavam? Havia fumo por todo o lado, que fazia que se parecessem com fantasmas ou seres de outras épocas que viviam nas brumas. Tinham mesmo de ir lá fora ou *ba-liur* para se livrarem do que cada um tinha para se livrar do seu corpo ou *futar-isin*. Ainda hoje se diz *ba-liur*, mesmo que uma grande parte das habitações já tivesse no seu

interior o conforto de uma casa de banho. Gosto da palavra
futar-isin. O meu corpo é a minha casa sagrada
Nasci na fronteira!
E a minha mãe deitada numa esteira. Minha avó pensou ter-
-se livrado da sentença dos antepassados, depois de ter atra-
vessado a ribeira. Nunca se livrou, embora tivesse salvado a
vida ao crocodilo. Raimundo Chibanga ria-se quando minha
avó lhe falava da vingança dos antepassados. Achava um absurdo. Mas, na cautela, antes de se deitar, certificava-se muito
bem de que não havia objeto cortante escondido debaixo da
esteira ou pendurado no teto por cima da sua cabeça. Ela foi
desistindo do meu avô e, por seu turno, vagueava pelos montes a recolher o que encontrasse no meio da floresta para usar
na alimentação. Um dia voltou com abóboras. Disse que eram
selvagens. Fez uma horta junto da casa para as domesticar.
Teve sucesso. Durante algum tempo só comeram abóboras.
Comia-se a planta inteira. O fruto, a folha, os rebentos, as sementes e as flores. Meu pai insurgiu-se contra a cultura in-
tensiva de abóboras
Não quero ficar uma abóbora!
Com medo de algum dia se parecer com uma grande abóbora.
Com barriga e cabeça de abóbora. Embora gostasse muito do
modo-fila, delicioso refogado feito com flores, tenros frutos e
rebentos de abóboras, disse à sua mãe que nunca alguém enriqueceu a semear abóboras e que Manu-mutin só teria futuro
se estivesse associado ao café. Previdente trouxe sementes de
Manu-fahi quando puseram fogo à casa e com eles lá dentro.
Só não morreram porque a minha avó acordou a tempo por
desconfiar que fossem os antepassados que tivessem posto
fogo à casa para a obrigar a cumprir a sentença. Meu pai agarrou-se a esta terra com unhas e dentes como se fosse a sua última oportunidade
Eu sou daqui!

Tinha dentes fortes e brancos. Herdou-os do meu avô, Raimundo Chibanga. Também o riso espontâneo e a forte gargalhada. Estava determinado a tirar dela o máximo rendimento. Embora tivesse ocultado as suas verdadeiras intenções, gostaria de repetir a experiência anterior e fundar uma outra granja com o nome República de Manu-mutin que havia de produzir o melhor café do Oriente com a marca "Insulíndia". Não se esqueceu das recomendações do estranho visitante vestido de branco e que usava um chapéu colonial também branco que lhe ensombrava os olhos oblíquos. Parecia ter a certeza de que algum dia havia de aparecer novamente para o seduzir com moedas de prata

Cheira, Raimundo, cheira!

(a que cheiram as moedas?)

A perfume de rosas com que se besuntava. O grande segredo do pequeno Raimundo estava bem guardado. Não eram moedas de prata, mas sementes de café. Absteve-se de revelar aos seus progenitores o que levava na bolsa. Eram bagas vermelhas de café que ficaram reduzidas a sementes escuras por causa da secura e de ter já passado bastante tempo. Há quanto tempo? Meses, anos, décadas? Já não se lembrava há quanto tempo. Tinha-as colhido à pressa de uma árvore na noite em que a casa foi incendiada. Recolheu outras de outros cafeeiros das muitas propriedades que foram encontrando pelo caminho. Renovou o seu banco de sementes. Floresceram cafezais por todo o território depois da guerra. Andavam sempre para a frente sem destino marcado como se tivessem a certeza de que haviam de chegar a algum lugar onde assentar para voltar a cultivar cafeeiros. Sabiam como cuidar das plantas para que frutificassem

Trouxeste sementes de abóboras?

Acredito que sim. De outra forma não terias feito o pedido. Meu pai levava no seu bolso sementes de café. Continuou a fazê-lo ao longo da sua vida. Gostava do cheiro do café que nunca tomava. Bastava-lhe o aroma que todas as manhãs inalava numa xícara cheia de café quente. Em desespero fez saber ao seu pai que estava farto de andar de um lado para outro. Precisava de assentar num lado qualquer onde realizar o seu sonho. Mostrou-lhes as sementes que trazia no saco. O meu avô fingia não ouvir nada e dizia que tinham de andar sempre para a frente e a minha avó em silêncio, com medo de que os antepassados ouvissem a sua voz e viessem em sua perseguição. Há muito que andavam que já não se lembravam há quanto tempo abandonaram a República de Manu-metan, fugidos da sentença dos antepassados, da ameaça do herdeiro do *dato* Koli-bere, que foi quem pôs fogo à casa, e da falta de compreensão dos locais por associarem a cor negra da sua pele à extrema violência praticada em tempo de guerra

Mataste?

Não precisas de me responder. Se o fizeste foi certamente ao serviço da Pátria. Não há guerra em que não se pratique violência. Poderei fazer essa afirmação pela parte que me toca. Sofri violência na carne e na alma sem que alguma vez tivesse pegado numa lâmina. A mesma violência fora usada pelos *malae-mutin* nas campanhas de punição. Os *liurais* também fizeram guerras, uns contra outros, reinos contra reinos, contra os *malae-mutin* e contra os *malae-metan* usando a mesma violência como todos os outros. Rolaram cabeças que tiveram de rolar. Também os japoneses e os indonésios. Os últimos aprimoravam o requinte dos anteriores. Ninguém saiu dela da mesma forma que entrou. Estavam a viver em tempo de paz na pacífica era de *rain-diak*. Meu pai havia encontrado a sua terra mítica onde poderia concretizar o seu sonho. Havia de ficar rico como o estranho visitante que andava com o bolso cheio de moedas de prata

Ou se tem ou não cheira!

Assim dizia para seduzir Raimundo Chibanga para ficar com a sua granja. Meu pai nunca perdeu a esperança de o ser, nem mesmo quando se perderam nos atalhos, ou no tempo, que era o tempo de *rain-fíla*, por saber que havia trazido consigo as sementes de café. Tinham o valor de ouro que procuravam nas ribeiras que eram guardadas pelos antepassados crocodilos. Mais tarde dirá que não houve crocodilo algum, nem antepassado, nem ribeira, nem armadilha, foi tudo fruto da imaginação e do cansaço por causa da longa viagem. Colocou toda a esperança naquelas sementes. Retirava-as da bolsa para as cheirar. Gostava do aroma do café que lhe antecipava o cheiro de moedas de prata

Ou se tem ou não cheira!

(disse o visitante chinês)

Havia de enterrá-las em vasos de bambu para que nenhuma se perdesse e, só depois, no solo. Já se via no meio de árvores carregadas de frutos vermelhos. Já se via deitado numa grande esteira onde secavam as sementes. Já se via a ensacar café com a marca "Insulíndia", camionetas e mais camionetas carregadas com as sementes em direção ao porto e barcos e mais barcos que as levavam para países distantes. Assim era o sonho do meu pai. Um grande sonho que extravasava a ilha. O meu avô acordou com boa disposição. Como se tivesse despertado de um lindo sonho. Espantaram-se que tivesse recuperado a sua forma física em pouco tempo e mais do que tudo isso por ter regressado com o seu bom humor. Soltou a sua tremenda gargalhada tão forte e tão sonora que fez a minha avó replicar cheia de ironia que não teve nada que ver com isto. Raimundo Chibanga fê-lo por sua conta e risco. Andava tão murcho e definhado que o julgava definitivamente perdido. Pensava que o seu homem nunca mais havia de soltar outra gargalhada por andar arredado da sua esteira. Vagueava pelas matas e montes à procura do seu pleno vigor. Às voltas com as maleitas da idade e com a marcha inexorável do tempo. Às voltas com as voltas que a vida dava

Não tive nada que ver com isto!

Repetia a minha avó quando ele a informou que tencionava partir sozinho embrenhando-se pela mata dentro. Havia de chegar ao local onde nasceu, como fazem os grandes animais quando o tempo se lhes esgota. Chamou o filho Raimundo para se aproximar dele, dado que tinha um segredo para lhe revelar. Meu pai desconfiava que fosse sobre a história da família Chibanga, da qual não queria saber para nada. Estava determinado a construir o seu próprio apelido que haveria de sair do seu merecimento. Aproximou-se até colar o seu ouvido junto aos lábios grossos do pai. Minha avó murmurou algo para os informar que podiam falar alto e em bom som que por mais que quisesse nada podia ouvir por estar surda. Disse-o com uma voz tão sussurrante que nem a própria ouviu o que disse. Ele fez um compasso de espera depois do aviso que fez a minha avó. Ficou a magicar, por saber que nada do que ela havia dito era verdade. Fingia ser aquilo que não era. Surda não era. Tinha um ouvido tão apurado que até ouvia o que diziam os antepassados. Meu avô decidiu-se finalmente
Gungunhana!
Fê-lo de uma forma tão avassaladora que deixou o pequeno Raimundo atónito. Meu pai mudou a feição do seu rosto com o que ouviu. Ficou sério e hirto. Como se Raimundo Chibanga tivesse colocado sobre os seus ombros algo que não quisesse carregar por ser muito pesado. Provavelmente por lhe ter revelado um apelido que fosse estragar-lhe os negócios por não ser do agrado das autoridades. Pela expressão do seu rosto rejeitou-o de imediato, mas não o disse. Nunca mais falou do assunto. Fez-se de mudo sobre o assunto e também de surdo, como se não tivesse ouvido nada sobre o assunto. Encerrado. Creio que a surdez que mais tarde reivindicará para não ser solicitado tivesse começado nesse dia. Só ouvia o que lhe interessava. Selecionava só o que lhe desse jeito
Qual o teu assunto?

Não creio que tenhas vindo até Manu-mutin apenas para me pedires que te deixe plantar abóboras. Tenho a noite inteira para desbravar qual o assunto que te traz a Manu-mutin. Espero que a madrugada me faça ver a luz ao fundo do túnel. Meu avô não tencionava despedir-se de ninguém e nem pediu para que lhe dessem farnel e agasalho. Era uma viagem que tinha de fazer sozinho, marcada há muito tempo. Deu outra gargalhada sonora quando disse: pelos antepassados. Precisou que os dele. Também tinha antepassados que ficaram em Moçambique. Talvez tivessem chorado quando o viram partir para Timor, uma ilha que ficava no outro lado do oceano Índico para onde ia combater sem saber por que razão o devia fazer. Temiam que morresse no outro lado do mar sem que lhe pudessem valer. O mar separou-o dos seus antepassados

Antepassados?

Quem ficou inquieta e séria com a referência aos antepassados foi a minha avó. Foi como se nela tivesse despertado um sentimento que estava adormecido. Raimundo, o pequeno, prontificou-se a acompanhá-lo, na esperança de o fazer desistir da sua loucura durante o trajeto. Em todo o caso, fê-lo saber para que não houvesse dúvida alguma, que só o faria durante determinado tempo, até ao momento em que ele por sua própria iniciativa fizesse sozinho o resto do percurso em direção a África. Ele voltaria para Manu-mutin. Uma terra da qual esperava conforto e também riqueza se trabalhasse com afinco

Eu sou daqui!

Insistiu que tendo futuro só podia ser com muito dinheiro. Uma boa almofada onde pudesse adormecer sem ser incomodado fosse por quem fosse. Sem que nada estivesse previsto, a minha avó apresentou-se com uma espada, com uma expressão decidida, que tinha uma missão a cumprir que lhe fora confiada pelos antepassados. Precisou que os dela. Desde o dia em que ele a poupou da morte. Foi um pacto de vida. Nunca esperou que fosse de morte. Afastou o meu pai com um gesto brusco que o deixou surpreendido. Ele não soube onde fora ela buscar a espada. Teria sido deixada por alguém que veio sem ser visto e tivesse ido embora logo de seguida? Não acreditou que assim fosse, dado que ninguém sabia onde ficava Manu- -mutin e que existisse uma terra com tal nome

Manu-mutin?

Um estranho nome de uma estranha terra e quem lá vivesse seria gente também estranha. Minha avó não ouviu o nome que Raimundo Chibanga pronunciou. Se ouviu, então fingiu que não era nada com ela. Desconhecia quem tivesse sido Gungunhana. Mas a forma veemente como ele pronunciou o nome fê-la pensar que fosse alguém importante na sua terra como Boaventura o fora no reino de Manu-fahi. Ninguém havia de ficar indiferente se ouvisse a sonoridade de um nome como Boaventura. Minha avó prontificou-se a acompanhá-lo por ser sua mulher. Foi a escolha feita pelo Raimundo Chibanga que a poupou da morte. Havia de o proteger da sentença dos antepassados. Havia de o acompanhar em todas as viagens, sonhos, vertigens e loucuras. Iria com ele até África ou até ao fim do mundo. O pequeno Raimundo afastou-se para o lado para a deixar passar. Não que tivesse medo dela, mas por causa das palavras que foram ditas e da forma como ela as proferiu. Viu-os entrarem pela floresta. Ele, à frente, com muita pressa, como se estivesse a fugir dela e, ela, atrás, sem pressa alguma, como se o puxasse para trás e, suspensa no ombro direito, a espada

Sou daqui!

(que não ia para lado algum)

Raimundo, o pequeno que se tornou grande, herdou do seu pai a corpulência e cor da pele, não veio de fora, nunca esteve em outra terra que não fosse Timor, onde nascera e havia de morrer nela, mas gostaria de ir até lá fora numa viagem pelo mar, num desses navios de longo curso, não no porão, onde arrumaram todos quantos vieram da África, mas num camarote como homem rico. Esperou que os pais regressassem. Que tudo não tivesse sido um amuo ou embirração de velhos. Depois de terem feito uma longa jornada em que perderam a contagem do tempo e das voltas que deram à ilha, estariam cansados e haviam de querer descansar junto dele. Manu-mutin até podia ser um limbo para eles. Uma terra de paz e aconchego por não estar assinalada em nenhum mapa das autoridades coloniais. Não quis ausentar-se para os procurar, aventurando-se na floresta, perdendo-se nos atalhos que não levavam a sítio algum

Hão de voltar!

Tinha a esperança de que algum dia haviam de voltar se encontrassem o caminho do regresso a Manu-mutin. Teria sido mais fácil se na ida tivessem assinalado os caminhos e atalhos com folhas de palmeira. Enquanto esperava foi enchendo pequenos vasos de bambu com terra e colocou em cada um a respectiva semente de café. Fez uma aposta. Ele gostava de apostas. Sempre apostou tudo na vida. Também nas sementes que haviam de lhe mudar a vida. A República de Manu-mutin era a sua última grande aposta. Que as plantas não tardariam a despontar na mesma altura em que os pais estivessem de regresso

Hão de voltar!

Passaram-se dias, semanas, um mês. Nem as plantas nem eles davam sinais de vida. A situação de espera é a que mais desespera quem espera numa condição em que se vai perdendo a fé. Tens fé? Não sei se tenho. Não sei em quem devo ter fé. Meu pai não acreditava que a sua mãe fosse cumprir a sentença por causa do aparato da espada. Não o mataria. Foi ele quem a salvou. Iria com ele até ao fim do mundo. Mesmo que fosse uma terra que só existia na sua cabeça. A sua terra mítica. Prometida. Sorriu ao pensar que se aparecessem jiboias na floresta, a sua mãe havia de dar cabo delas com a espada. Foi para isso que a levou. Não para cumprir a sentença, mas para se defenderem se fossem atacados por jiboias. Perguntou se as jiboias ou *fohorai*, que guardavam as florestas, seriam também seus antepassados como os crocodilos, que guardavam as ribeiras. Cada um mandava no seu reino como um *liurai*. Irónico, disse que podiam escolher outros antepassados que não fossem apenas os rastejantes. Antes as pedras. Pedras grandes, amontoadas e sagradas. Majestosas as pedras das montanhas de Timor. Mantiveram-se imóveis e eretas no tempo e no espaço

Quem me salva?

(de mim própria)

Não sei se foi essa tua intenção pela forma como seguras as minhas mãos. Que vieste de tão longe com a missão de me salvar de mim própria. A salvação do meu pai estava naquelas sementes de café. Todos os dias postava-se junto dos vasos de bambu para ver se alguma planta havia despontado. Numa manhã acordou com a intenção de ter uma conversa séria com as sementes. Não punha em causa a sua sanidade mental, mas precisava de ter uma conversa com elas. Há muito que aguardava por um sinal vindo da terra. Disse-lhes que a culpa de modo nenhum devesse ser atribuída aos vasos de bambu. Foi o melhor que arranjou como berço. Ele não teve direito a berço quando nasceu. Dormia numa esteira. Dormia ao lado da mãe. Adormecia nas costas da progenitora. Como era grande, fazia um peso enorme nas costas dela. Ela tinha umas costas em que se viam as costelas, frágeis e delicadas. Ficou com a coluna torta. Curvou-se tanto para que o filho fosse engendrando o corpo colado ao seu corpo. Manteve-o sempre na sua proximidade quando desceu das suas costas com medo que fosse raptado por ter sido gerado de uma união que não fora abençoada pelos antepassados. Foi a minha avó que se ausentou para acompanhar o hóspede que decidiu ir-se embora por julgar que o haviam de esperar em Moçambique

Já alguma vez estiveste em Moçambique?

Como nunca te vi em Manu-mutin pensei que tiveste de te ausentar para o exterior durante a ocupação indonésia, como fizeram muitos cidadãos timorenses que, após a independência, decidiram regressar de Portugal, Indonésia, Austrália, Macau e Moçambique. Foi de Moçambique que vieram os soldados landins para fazer a guerra contra o *liurai* Boaventura de Sotto Mayor que tinha nome cheio de cortesias. Creio que lhe assentava muito bem. Meu avô, Raimundo Chibanga, falava landim. Não havia quem pudesse falar com ele em landim. Só o fazia quando cantava com sua voz grossa e rouca. Cantava em landim para que não soubessem do que dizia ou as saudades que tinha da terra natal. Não sei landim ou outra língua de Moçambique de onde veio o meu avô Raimundo Chibanga, enfiado no porão de um navio, com tantos outros que vieram lutar contra o *liurai* de Manu-fahi e para lá regressou a pé. Havia de ser penoso para Raimundo Chibanga se no dia da sua chegada a terras de Moçambique chovesse, fizesse frio e houvesse inundações. Se no dia da sua chegada não houvesse alguém para o receber por o terem dado como morto na guerra em Timor

Não morri!

(disse o meu avô depois de outra gargalhada)

Que um dia havia de chegar a Moçambique. Fugia da minha avó por causa da sentença. Nunca havia passado pela sua cabeça morrer às mãos de quem recusou cortar-lhe a cabeça. Um absurdo. As sementes receberam tratamento especial. Não tinham motivos para reclamarem. Deu a cada uma um berço, o resguardo de um vaso de bambu. Feitas umas rainhas não quiseram despontar. Preferiram ficar no aconchego da terra fofa e quente, com receio de ficarem expostas ao vento, ao frio e aos bichos. Teriam de se sujeitar às condições extremas. Mantiveram-se quietas fazendo-se de esquecidas. Também podia tê-las esquecido ou deitado fora na viagem, mas não o fez. Cuidou muito bem de cada uma delas, pelo que deviam estar gratas e reconhecidas. Que despertassem da letargia e que fosse já amanhã. Se não o fizessem, iria procurar outras sementes que fossem boas. Que não fossem preguiçosas. Partiu no dia seguinte e regressou depois da época das chuvas. Não encontrou os pais e não trouxe sementes novas

Vou plantar abóboras!

(revoltado com a sua sorte)

Ainda queres semear abóboras ou foi algo que te ocorreu dizer para justificares a tua vinda? Não creio que tenhas mãos para semear abóboras. Deixa-me ver as tuas mãos. São ágeis, finas e delicadas. Não creio que tenhas mãos para semear alguma coisa. Meu pai virou-se para as abóboras. Quis a sorte que o seu destino fosse outro. Quando regressou viu a sua mãe à sua espera. Também as plantas estavam à sua espera. As sementes deram à luz. Não quis saber nada sobre o regresso dela. Nem perguntou pelo pai. Interessou-se apenas pelas plantas de café que viçosas lhe acenavam dos berços. Não quis saber se foi ela que cumpriu a sentença ou se foi ele que mais rápido na sua marcha a deixou para trás até se livrar dela. Pediu-lhe que se arrumasse no seu cantinho a tratar das abóboras. Ele tinha de cuidar das plantas de café. As abóboras nunca enriqueceram ninguém. O café havia de lhe dar muito dinheiro. Nem lhe perguntou o que fez da espada que não trouxe de volta e se porventura se tivesse servido dela. Cavou buracos uns atrás de outros e em cada um colocou uma planta viçosa. Não foi preciso plantar árvores para fazer sombra porque já lá estavam. Já faziam sombra antes de serem necessárias para fazer sombra aos cafeeiros

Vieste à procura de sombra?

Não faço sombra a ninguém. Nem quero que me façam sombra. Há muito que faço sombra, mas à minha própria sombra que já não sei bem quem seja sombra de quem. Preocupa-me saber quem primeiro havia de se livrar de quem, eu ou a minha

sombra. Se foi o meu avô quem se livrou da minha avó ou se foi ela que se livrou dele. Talvez tivesse sido o velho Raimundo Chibanga que não quisesse voltar mais por causa do frio e da falta de vigor. Dizia: vai tu que também me vou! e ela, não vou e não vou!, andavam nisto, vai tu!, não vou!, vai tu!, não vou!, e cada um foi para o seu lado. Ela entregou-lhe a espada
Se aparecer a jiboia!
O meu avô havia rejeitado a espada no fim da guerra quando lhe foi pedido que iniciasse a cerimónia de consagração dos vencedores. Se encontrasse uma jiboia, tivesse a cor que tivesse, branca ou negra, talvez lhe ocorresse pedir-lhe boleia para ir até Moçambique. Teria a viagem mais rápida que alguma vez havia de fazer na sua vida. O mais provável seria que fosse triturado e feito em carne moída ou em pasta de carne. Andava desiludido com Manu-mutin por causa da neblina e do frio, ela com ele, por andar triste e murcho depois de terem feito uma longa marcha. Sabiam muito bem que Manu-mutin não era África. Só ele sabia onde ficava a África que procurava e talvez só quisesse aquela que lhe lembrasse a infância. Um espaço aberto e sem fim. Tinham de fazer a viagem pelo mar. De modo nenhum aceitaria, por não querer viajar novamente no porão do navio. Ela tanto lhe fazia desde que fugisse da sentença dos antepassados. Minha avó regressou calada. Muda. Perdeu a voz e a fala. Enclausurou-se no silêncio. Não precisou de se justificar. Virou-se para as abóboras
Ainda queres semear abóboras?
Ou foi algo que te ocorreu dizer para justificares a tua vinda? Creio que já te fiz essa pergunta mil vezes. Apetece-me fazê-la uma e outra vez como nos discos riscados. Embora me pareça com os discos riscados, detesto os discos riscados. Repito a parte riscada para que nada fique riscado. Mais tarde a minha avó desistiu das abóboras. Decidiu que no sítio onde semeava abóboras trocava por rosas. Haviam de comer apenas rosas. Meu pai

não se importou, entretido que estava com os cafeeiros que haviam de produzir frutos vermelhos e luzidios que se viam de longe. Sabia que o senhor de roupa branca, embora escondesse os olhos debaixo de um chapéu colonial branco, via de longe. Tinha olhos de tigre. Sabia distinguir o bom do mau mesmo à distância. Distinguia-se pelo seu apurado olfato. Orientava-se pelo cheiro do café. Se fosse preciso iria até ao fim do mundo em busca do melhor aroma. Havia de aparecer mais cedo ou mais tarde. Assim também desejava o meu pai que acontecesse. Sabia que ele gostava de fazer surpresas. Era um homem surpreendente por usar um perfume surpreendente que cheirava a rosas. As rosas da minha avó floriram e cheiravam tão bem que se mudou para o jardim de rosas. Passou a viver no meio das roseiras. Comia rosas e cobria-se de rosas. Fez a cama no meio das roseiras e depois um buraco no meio do jardim onde se enfiou e nunca mais foi vista

A minha mãe?

Não soube o que lhe aconteceu. Entretido que estava com os cafeeiros, meu pai não deu conta do desaparecimento da sua mãe. Colocou a hipótese que tivesse regressado a Manu-fahi para se apresentar aos seus antepassados que havia cumprido a sentença. Sabia que ninguém conseguia fugir dos seus antepassados. Optou por escolher outro enredo que fosse romântico. Que tivesse sido devorada pelas rosas. Uma bonita maneira de alguém se perpetuar. Lembrou-se de que devia estar agradecido à sua mãe. As sementes despontaram com o seu regresso. Foi como se tivessem medo dela quiçá por ter feito aquilo que não devia ter feito. Devia ter regressado com o meu avô quando foram pela mata adentro. Regressou sozinha, muda e calada. Não disse o que fez da espada que não trouxe de volta. Meu pai não lhe fez a pergunta com medo da resposta

Por que motivo regressas?

(a pergunta que te faço)

Tenho dúvidas se a tua vinda a esta terra pudesse ser vista também como ressurreição. Há algo em ti que me leva a suspeitar que já estiveste nesta terra e nesta casa. Há algo em ti que bate forte, fortemente por dentro do teu peito que parece confirmar as minhas palavras. Não sei se é o teu coração que primeiro obedece às palavras ou se é a tua alma. Acredito que seja o teu coração. Bate ao ritmo das minhas palavras. Bate como os tambores de Timor. Fico feliz que o teu coração pulse ao ritmo das minhas palavras. Sinto o pulsar do teu coração nas minhas mãos. Em cadência sincronizada. A alma é mais dissimulada. A máscara que nos cobre por dentro. A cortina de fumo. O armário cheio de gavetas onde guardamos o que escondemos de nós próprios. Se não foste tu quem esteve aqui foi de certeza a tua alma. Por isso nunca dei conta da tua presença

Quem és tu?

Não sei quem sejas. Não sei donde vens. Não sei quem eras antes de entrares nesta casa para me dizeres que gostarias de plantar abóboras. Quem semeava abóboras era a minha avó. Quando se fartou das abóboras virou-se para as rosas. Encheu o jardim com rosas de todas as cores. Minha avó semeava abóboras para dar de comer ao pequeno Raimundo e ao grande Chibanga. Um foi-se embora e outro ficou a tomar conta do café. Semeei abóboras com as minhas mãos para dar de comer aos contratados que o meu pai foi trazendo para esta terra. Vê lá tu o que aconteceu aos contratados. Foram-se embora com as suas latas vazias quando o irmão extraordinário lhes acenou com a promessa de que podiam ficar ricos com o *mina-rai* ou o petróleo que haverá de trazer do fundo do mar através do longo *au-kadoras*. Havia de desbastar uma floresta inteira de bambu para fazer o longo *au-kadoras*. É este o preço do petróleo. Deixará o país desbastado, à mercê de piratas e de salteadores da arca perdida

Arca perdida?

Quem regressou ou voltou a aparecer como se tivesse vindo do outro lado do mar numa grande arca feita de canas de bambu foi o senhor vestido de branco com o seu chapéu colonial também branco que fazia sombra aos olhos oblíquos. Tinha porte distinto e ares de viajante endinheirado. Meu pai reconheceu-o imediatamente. Era o chinês que dizia andar por todo o Oriente. Sabia lá por que Oriente teria andado. Embora fosse mais velho, não mudou muito no seu aspeto. Nem de vestuário nem de chapéu. Exceto o facto de que desta vez montava um cavalo branco e fez-se acompanhar de outra pessoa que montava um cavalo negro. Saudou com entusiasmo o meu pai pelo facto de o ter reencontrado. Que havia de o encontrar mesmo que estivesse escondido no fim do mundo. Sabia que também era desejo do meu pai que ele o procurasse. O tempo e as circunstâncias haviam de os juntar. Assim era o destino Qual o teu destino?

Pergunto se foi o destino que te trouxe até Manu-mutin. Acreditas no destino? Não sei se acredito. Sei que existem coincidências. Encontraram-se no momento em que se preparavam para terem um negócio. Foi o que aconteceu. Foi um encontro de vontades e de interesses comuns. Nunca havia passado pela sua cabeça que tivessem morrido e ficassem reduzidos a cinzas e ao pó no incêndio. Não havia de acontecer a uma pessoa como Raimundo Chibanga, que sobreviveu a tudo e a todos. Seria a mesma coisa que um náufrago que, tendo escapado de morrer afogado ou devorado pelos tubarões que infestavam as águas, viesse a sucumbir numa praia deserta com falta de ar. O que seria de todo uma pena

Uma pena!

Que o meu avô não tivesse aceitado a sua oferta. Muito generosa. Que Raimundo Chibanga foi casmurro. Devia ter evitado essa fuga precipitada expondo a sua família ao desgaste de uma longa jornada para depois vir dar tudo ao mesmo. Foi como se

tivesse deslocado a plantação de café de uma terra para outra e trocado de nome à fazenda República, de Manu-metan para Manu-mutin. O mesmo galo disfarçado com outras penas. Um branqueamento que não lhes serviu de nada. Foram encontrados de qualquer maneira. Não esperava que tivessem repetido o mesmo erro de Manu-metan. Devia ter prescindido da República. Escolhesse outra nomenclatura. Timor foi sempre terra de tradições monárquicas. Uma terra de *liurai* e de reinos orgulhosos das suas tradições. Uma opinião sustentada pelo facto de estar ao serviço da coroa britânica
Tenho pressa!
(tinha pressa de se ir embora)
Não lhe perguntou o que aconteceu aos meus avós. Talvez soubesse do triste desfecho das suas vidas. Conhecia Timor e os habitantes como a palma da sua mão. Foram muitos anos a viajar por toda a ilha. Em negócios e assuntos no âmbito de outros reconhecimentos secretos. Também o faziam os agrónomos japoneses que estudavam a hipótese de instalar no território uma plantação de algodão. Tinha como missão vigiá-los. O meu pai tomou a iniciativa de o informar que os meus avós há muito que se ausentaram desta terra. Ele voltou a pé para a África e ela desapareceu no meio de rosas. Devorada pelas rosas. Ele sorriu e disse que podia ter sido pior se tivesse sido devorada pelo crocodilo, o grande antepassado. O mais provável era que tivesse regressado à sua terra de Manu-fahi para dar conta que cumpriu a sentença que lhe fora imposta pelos antepassados. Nenhum timorense consegue escapar aos seus antepassados
Sabe ler e escrever!
Apresentou a outra pessoa que veio montado no cavalo negro. Não disse o nome. Apenas que sabia ler e escrever. O suficiente para garantir um emprego numa terra onde ainda havia muita gente iletrada. Tinha vantagem relativamente ao meu

pai, que não sabia nem uma coisa nem outra. Que o havia contratado para ser feitor da fazenda. Provavelmente por saber ler e escrever. Depois corrigiu que foi o meu pai que o contratou. Ele foi o contratante. Havia de contratar mais pessoal para trabalhar na fazenda. Que o café não caía do céu, mas das árvores, seria preciso pessoal para fazer a colheita. Ao contrário do que o meu pai pudesse esperar, não foi muito exuberante como da vez anterior. Não trouxe a bolsa de moedas de prata, não houve aquela cena de inalação

Cheira, Raimundo, cheira!

(ou se tem ou não cheira)

Disse que estava tudo tratado. Que o meu pai não devia preocupar-se, que ele havia de providenciar de tudo. Foi o que disse quando se encontrou em Manu-fahi com Raimundo Chibanga e lhe acenou com uma mão cheia de moedas de prata, provavelmente de lata. Serviam para enganar tolos. Desta vez não as trouxe com medo que descobrissem que não eram de prata. Que mais tarde havia de pagar com moedas verdadeiras. Fugiu-lhe a verdade para a boca. Que desta vez era a sério. Quando voltasse seria para recolher o café todo. Anunciou que o feitor iria ficar em Manu-mutin. Sorriu quando disse, também o cavalo negro. Meu pai mostrou-lhe um sorriso amarelo. Podia ter dado o cavalo branco, mas para o meu pai achava que só servia o negro. Ficou muito ofendido com o sorriso do meu pai. Também por não lhe ter agradecido a oferta. Devia ser essa a razão de o ter ignorado e lhe ter virado as costas quando lhe perguntou pelo nome do cavalo. Como o cavalo lhe foi dado, meu pai podia escolher o nome que quisesse. Quando ficou a sós com o feitor quis saber se tinha nome

Kuda!

Uma resposta que fez meu pai sorrir. Sabia muito bem o que era um *kuda*. Mas do que pretendia conhecer era o seu nome para além de saber ler e escrever. Perguntou-lhe se tinha nome. Disse chamar-se Américo. Fez uma pausa como se procurasse um apelido que tivesse correspondência com o nome que havia dito e depois concluiu Borromeu. E o cavalo?, perguntou Raimundo. Voltou a repetir *kuda*, que fez o meu pai irritar-se com a sua insistência. Embora não fosse letrado sabia que um *kuda* tinha quatro patas, uma cauda, crinas e uma bocarra como um cavalo. Américo Borromeu não se fez rogado e acrescentou logo de seguida para mostrar a sua erudição que havia uma pequena diferença que talvez fizesse toda a diferença. Um relinchava em tétum e o outro em português

Não sorrias!

Estranho homem que não sei vindo de que lugar. Talvez de uma terra em que os homens sorriem como os cavalos. Foi o que fez o meu pai que quase relinchou dando tremenda gargalhada que assustou o cavalo que em resposta relinchou. Se pudesse também teria dado gargalhada com o humor de fino recorte do feitor. Borromeu acrescentou depois de ter ouvido manifestações ruidosas que nunca confundiu um *kuda* com um cavalo. Um *kuda* é um cavalo em estado selvagem e um cavalo é um *kuda* sentado numa esplanada

E se fosse um burro?

Perguntou o meu pai com a intenção de provocar o feitor por causa do seu nome. Disse que sabia ler e escrever. Era um homem instruído. Ao contrário do meu pai. Ele notou que Raimundo não gostou da sua resposta e, de imediato, quis colocar água na fervura vendo o meu pai crescer na sua direção. Que em Timor não havia burro. Só cavalo ou *kuda* conforme quem o montasse. Meu pai nunca viu burro. Pelo que disse o feitor não teria hipótese alguma de montar burro. Mas sabia da existência desse mítico animal, dado que os *malae-mutin* quando se insultavam uns aos outros diziam que o burro era o outro. Meu pai não deixou que o feitor ganhasse. Ele era o patrão e havia de

colocar-se sempre por cima. Olhando bem para o feitor, disse que por não ter frequentado nenhuma escola onde se aprendia a ler e a escrever nunca lhe chamaram de burro meu
Eu sou Américo!
(replicou o feitor Borromeu)
Borromeu sabia tudo sobre burros e sobre outros da mesma espécie. Ensinou o meu pai a ler e a escrever em língua portuguesa. Conteve-se para não lhe chamar de burro por erros de palmatória. Sendo patrão podia despedi-lo. Aprendeu com Borromeu história, geografia, gramática e aritmética. Aprendeu a localizar no mapa do mundo onde ficava a África. Que para lá ir tinha de ser pelo mar e num navio de longo curso. Disso sabia o meu pai que lhe fez saber que o meu avô havia feito o caminho a pé. Borromeu sorriu com a façanha. Irónico, disse que ele foi mais esperto. Preferiu ficar com Manu-mutin. Uma terra oculta como tantas outras que foram descobertas. Comparou-o ao navegador Pedro Álvares Cabral por ter achado Manu-mutin. Também se apossou desta terra como o navegador português fez com o Brasil. Mas que não se contentasse com o seu grande feito e desse tudo como adquirido. Lembrou-lhe que mais tarde alguém podia vir reclamar que a terra pertencia a alguém que era seu antepassado
Outra vez!
Disse meu pai, que mereceu de Borromeu uma explicação. Que em Timor não havia terra que não tivesse já dono. Entre mortos, vivos e ressuscitados. Não havia espaços abandonados ou terra de ninguém. Mais tarde podiam vir reclamar a pertença por ser a herança de um antepassado de quem já nem se lembravam do nome e se tivesse vivido alguma vez. Que ele veio do outro lado da ilha com o seu pai que era um negociante de gados. Nunca tencionou aventurar-se para fora da ilha de Timor. Viajava entre um lado e outro. Por mais que quisesse não podia fazer a viagem a pé até África. Não iria longe. Se não

fosse o cavalo também não havia de chegar a Manu-mutin. Tinha um pequeno problema no pé direito que lhe dificultava a locomoção. Mostrou o pé para que o meu pai não fosse duvidar do que havia dito. Deu um passo em frente para exemplificar. Caiu de propósito para mostrar a sua extrema dificuldade. Meu pai sorriu e deu-lhe a mão. Ele não aceitou. Quando se levantou quis andar. Voltou a cair de propósito. Desta vez meu pai ignorou-o e não lhe deu a mão
Outra vez?
Disse o meu pai, por causa da encenação. Fazia-o desta maneira de todas as vezes que tivesse de cativar ouvintes para que ouvissem a sua história, que não era nenhuma fantasia. Contou a sua história. Aconteceu quando quis atravessar uma ribeira. Confundiu uma pedra com a cabeça de um crocodilo que lhe rasgou a carne e partiu-lhe um osso. Ficou manco e coxo. Por falar em ribeira e crocodilo meu pai pô-lo ao corrente do que lhes acontecera durante a travessia. Tiveram de lutar com um crocodilo enorme, feio e mau que lhes dificultou a passagem. Foi preciso recorrer a uma artimanha para o imobilizar. Borromeu estranhou. Que para o leste não havia nenhuma ribeira grande
Rain-fila!
(a terra virada ao contrário)
Explicou com um sorriso trocista que foram enganados pela terra. Meu pai sabia lá o que era *rain-fila*. Nunca acreditou nas superstições animistas da sua mãe que por sua vez andava às avessas com os antepassados por causa da sentença. Foi-lhe exigido que cortasse a cabeça de quem salvou a sua. Bárbaras as tradições que obrigassem as pessoas a cometerem crimes. Não te rias, estranho homem, não te rias! Não nos perdoariam se soubessem dos nossos risos. Não te rias que há gente que acredita no *rain-fila*. Quando a terra troca as voltas aos viandantes, vira-se ao contrário e mostra o seu lado oculto. Como

será o lado oculto da terra? De que cor é o lado oculto da terra? Para que precisaríamos do lado oculto da terra se mesmo com o iluminado não nos entendemos e andamos às cegas por confiarmos de olhos fechados no irmão extraordinário que ainda se guia pela sua agenda de mato para que ninguém saiba do seu paradeiro

Em Singapura!

Onde se oculta ou noutro lado qualquer, quiçá hospedado num hotel em Lisboa. Vivemos um tempo que é um autêntico *rain-fila*. Já havia dado conta do seu lado oculto que assusta e apavora quem se lhe oponha. Espero que o da terra seja diferente ao do nosso herói. Houve um tempo em que os galos se matavam uns aos outros por questões eminentemente ideológicas. Quando se discutia o materialismo dialético. Hoje matam-se uns aos outros para saberem quem há de ficar com a galinha dos ovos de ouro. Convictamente materialistas

Quem és tu?

Não sei quem sejas. Não sei donde vens. Não sei se és herói. Se o fores quando morreres levam-te para o Jardim dos Heróis. Devias ter ficado em Díli. Escusavas de fazer um longo caminho para me dizeres que gostarias de plantar abóboras. Há muito que deixei de semear abóboras ou fosse o que fosse. Planto-me nesta cadeira de lona a ouvir o grasnar de um ganso que, apesar de ter desaparecido há tanto tempo, ainda continuo a ouvi-lo nesta varanda. Como é bom ter uma varanda virada do avesso e para dentro de mim. Daqui desta varanda vejo o mundo. Não sei se do avesso. Não sei se sou eu que estou do avesso ou se é o mundo. Quando ando às avessas com o mundo faço como a minha avó. Dirijo-me ao jardim e como rosas. Vingo-me por terem devorado a minha avó. Sou canibal em segunda instância. Mastigo-as para que a minha memória permaneça fresca. Deve ser a única coisa que ainda mantenho fresca

Não sou velha!

Nem coisa que se pareça. Quando me sentir velha faço como a minha avó. Fico muda, calada, silenciosa, abstenho-me de falar. Não sei se és herói. Se o fores quando morreres levam-te para o Jardim dos Heróis. Como não sou nada que se pareça com quem te pareças, bem pelo contrário, antes de morrer faço como a minha avó. Vou para o jardim de rosas, como rosas, deito-me com rosas, banho-me com rosas para me sentir limpa, faço um buraco no meio de roseiras e deixo-me ficar lá dentro. Não quero que coloquem flores na minha campa e, com elas, depositem lágrimas. Se te consola, somos iguais na morte. Ninguém nos acorda. Repousa tu no Jardim dos Heróis e eu, esquecida, no de rosas

Que é feito do amigo chinês?

Perguntou meu pai por nada saber do seu sócio. Havia muito tempo que o homem não dava sinais de vida. Disse que ia arranjar contratados para a apanha do café e nunca mais apareceu. Demorou-se por não ter conseguido arranjar quem quisesse ser contratado. Ninguém aceitaria a oferta de um estranho chinês para ir trabalhar num sítio do qual ninguém ouvira falar. Nunca se ouvira falar de uma terra que tivesse o nome de Manu-mutin. Onde é que ficava? Seria ao lado de Manu-fahi, de Manu-mera ou de Manu-tasi. Com esse nome só podia ser uma localidade onde quem lá vivesse tivesse pele de *malae-mutin*. Tenho pele clara de *malae-mutin* e não sou estrangeira como o velho marinheiro holandês que, tendo perdido as mãos no mar alto, se retirou em Ué-bikas

Nunca estive em Ué-bikas!

Assim lamentava o meu pai. O holandês viveu feliz com as suas pacíficas mulheres timorenses e montes de filhas, mestiças, brancas e morenas. Meu pai soube dessa lenda e pelo facto de se encontrar solteiro foi tentado a ir até Ué-bikas arranjar noiva. Uma filha qualquer do *malae-matan-balanda*. Sabes tu como são os olhos de um holandês, o *malae-matan-balanda*? Talvez fossem parecidos com os de um gato ou de um pirata. O holandês de Ué-bikas devia ter sido um pirata que andava fugido do mar alto por ter feito das suas. Borromeu que sabia ler e escrever desfez-lhe as expectativas. Que era tudo lenda como tantas outras que se contavam sobre marinheiros. Seria mais razoável se o meu pai criasse o seu próprio mito e a sua própria lenda. Manu-mutin era um bom lugar para o fazer e para realizar o sonho de ser homem rico se conseguisse fazer prosperar a fazenda República de Manu-mutin com café ou com bananas

Bananas?

Ficou surpreendido que o feitor tivesse falado de bananas. Falou de bananas como podia ter falado de batatas. Meu pai andava inquieto, uma vez que os frutos já estavam bem maduros e era preciso mão de obra para fazer a colheita. Não conseguiu rir quando o feitor se lembrou de bananas. Embora gostasse de bananas nunca havia de ficar rico se plantasse bananeiras. Não passava pela sua cabeça que a sua granja fosse transformada numa "República das bananas". O feitor não parecia preocupado nem tinha pressa alguma. Sossegou-o dizendo que na devida altura Sir havia de aparecer com os contratados

Sir?

Ele disse Sir e não patrão. Esse facto levantou dúvida da parte do meu pai sobre qual seria a verdadeira relação entre o feitor e o Sir, fosse lá o que fosse como havia de se chamar. Passou a olhar para ele com a devida atenção. Apesar de conhecer o seu fino humor, não sabia muito bem quem era a pessoa que se encontrava por detrás da outra. Ficou aborrecido com a forma sobranceira como falou da sua fazenda e lhe recomendou ser plantador de bananas. Não iria viver à sombra da bananeira. Era um cafeicultor. Trabalhava com um produto de eleição. Produzia o melhor café do Oriente que havia de exportar para as praças europeias onde havia quem soubesse apreciar café. No Oriente bebiam mais chá que também exportavam para a Europa, sedenta de novos aromas e sabores. Borromeu parecia saber de tudo e, no entanto, escondia-se por detrás de uma pasmaceira como se nada tivesse relevância. Meu pai nada sabia sobre a sua vida, onde nascera, onde estudara, quem seriam os seus familiares. Era dotado de uma rara intuição que lhe permitia perscrutar os mínimos sinais de perigo. Sabia mais do que dava a entender e muito mais do que lhe haviam ensinado. Falava várias línguas e dominava com perfeição e astúcia o *bahasa indonesia*. Colocou em dúvida se Américo Borromeu seria o seu verdadeiro nome. Deduziu que fosse filho de um desses comerciantes árabes que fixaram residência num bairro em Díli. Prostrava-se para orar virando-se para Meca. Para além de saber ler e escrever tinha um Deus que o protegia. Meu pai não sabia para que lado se virar por não ter Deus a quem recorrer. A sua única esperança estava nos cafeeiros que abarrotavam de frutos vermelhos

Que é feito do amigo chinês?

Meu pai não sabia nada dele, quem era, o que fazia, como vivia e qual seria o verdadeiro nome. Embora fosse referenciado como estando ao serviço de uma potência estrangeira, não tomou esse facto como relevante. Interessava-lhe que fosse um bom parceiro de negócio. Que era aquilo que estava em causa com a sua demora. Disse ao feitor que estava muito preocupado com o atraso do amigo chinês. Ele respondeu-lhe que Sir tinha muito que fazer. Dedicava-se a outros assuntos. Pediu ao meu pai para não o tratar por amigo chinês. Muito menos Nó, como os timorenses chamavam aos chineses

Sir?

Ou não Sir parecia ser o nó da questão. Borromeu fez-lhe saber que Sir detestava ser confundido com comerciantes chineses que se vestiam mal e matavam-se a trabalhar por dinheiro. Ele tinha outra relevância por ser leal súbdito da coroa inglesa, embora tivesse nascido num bairro pobre de Kuala Lumpur. Veio por aí abaixo até fixar-se em Timor. De tanto querer ser e parecer como um cavalheiro inglês tornou-se uma figura muito pitoresca. Passou pela minha cabeça dizer quixotesca, influenciada pelo livro que li de Miguel de Cervantes. Ele nunca havia de combater moinhos de vento e arranjou como seu fiel escudeiro um homem prático e esperto como o feitor Borromeu. Tinha objetivos claros e definidos e sabia como fazer para os realizar. Apesar de se encontrar com idade avançada, movimentava-se com facilidade. Vestia-se com rigor, fato branco de algodão e usava um chapéu colonial também branco que lhe ensombrava os olhos oblíquos. Cheirava bem. Cheirava a perfume de rosas. Tia Benedita dizia que cheirava a mulher oferecida. Coube-lhe vigiar os agrónomos japoneses que se encontravam na ilha com a missão de vigiarem os ocidentais. O que diziam fazer era a cobertura ou resguardo para ações de espionagem. Havia uma guerra prestes a eclodir e, no entanto, em Manu-mutin reinava a paz dos inocentes

Serei inocente?

Por estar de mão dada contigo sem saber a intenção com que o fazes. Foi a inocência que passámos para o exterior que permitiu que o mundo inteiro abrisse os olhos para nós. Perdemo-la muito cedo, como deves saber. Não foi por causa do *mina-rai*. O petróleo apenas veio a confirmar o que acontecia nas montanhas. Que somos capazes do melhor, mas também do pior. Não sou nenhuma inocente. Perdi a inocência muito cedo. Iniciei a leitura do livro de Miguel de Cervantes quando vivi na capital. Foi-me emprestado pelo meu noivo, um jovem intelectual que havia saído do seminário dos jesuítas e andava fascinado com vidas de personalidades extraordinárias. A primeira que lhe interessou foi a de Jesus Cristo, que o levou a procurar no seminário o extraordinário. Saiu do meio sacrossanto por não ter encontrado quem procurava e, de saída, trouxe o livro de Miguel de Cervantes e a extraordinária figura de Don Quijote de la Mancha. Dizia que tinha tanto de extraordinário como de louco. Extraordinariamente louco

Sou louca?

Por estar de mão dada contigo sem saber a intenção com que o fazes. Quando deram pela falta do livro já estava na minha posse. Ele dizia que estava em boas mãos. Passámos tardes a ler o livro, uma edição em língua castelhana, com a mesma cadência com que as espanholas dançavam com as castanholas. Sentados em cadeiras, com os rostos voltados um para o outro, lemos em voz alta, sob a vigilância da Tia Benedita que nos providenciava bolos de abóboras. Abstinha-se de comentários, dado que meu pai exigia relatos pormenorizados de tudo o que acontecia na varanda. Por vezes tinha de ir até ao quintal enxotar mirones e lembrar-lhes que só passavam filmes no cinema do Sporting

Qual o teu filme?

Ou a razão da tua demanda. Meu noivo foi à procura de pessoas extraordinárias. Passou a viver na sombra de pessoas que julgava extraordinárias. Deixou de ser quem era para ser apenas uma extraordinária sombra. Foi-se embora depois do dia em que se apresentou ao meu pai. Talvez por ter encontrado uma outra pessoa diferente do que a sua lenda porventura faria imaginar. Creio que ainda não saiu da sombra de uma pessoa extraordinária. Deve ser essa a única razão para não me procurar. Já o devia ter feito. Gostaria que o fizesse para me explicar a razão de me ter abandonado quando já tinha o enxoval pronto. Havia de segurar nas minhas mãos como o fazes. Deixa-me ver as tuas mãos. Tens mãos de outra pessoa. Roubaste-lhe as mãos para vires ter comigo. Deste-lhe sumiço e vieste em sua vez. Tens mãos ágeis, finas e delicadas de seminarista

Onde está o meu noivo?

Nunca alguém havia segurado nas minhas mãos como o fazes. Antes de ti só dei a minha mão ao meu noivo. À pessoa a quem dei aconchego e partilhei o meu leito, não me lembro de lhe ter dado mãos. Devia ter-me lembrado? Não creio. Tomou o meu corpo e esqueceu-se de que tinha mãos. Foi-se embora sem que alguma vez soubesse como seriam as minhas. Lembro-me da sua voz grossa e arrastada. Que a Pátria haveria de o absolver de todos os seus pecados. Creio que o absolveu de todos os seus pecados. Agora que o seu nome se confunde com o da Pátria, comete outros em seu nome. Pode perdoar-se a si próprio. É o único que tem essa prerrogativa. Os que vieram no seu encalço não haviam de ser pessoas. Vieram de braguilhas abertas. Não precisaram de mãos. Fizeram tudo sem mãos. Em fila javanesa. Todos puderam provar carne branca

Não como carne!

Habituei-me a comer o que a terra dava. Seria incapaz de matar um animal para lhe comer a carne. Tenho animais, mas de estimação. Que também me estimam. Vivem livres. De quando em vez visitam-me em sonhos. Tenho rebanhos, currais e alcateias. Se servi para quem procuravam havia de servir para qualquer um. Foi o que fizeram. Cada um teve a sua vez de provar carne branca. Não creio que tivesse sido tua intenção fazer o mesmo quando decidiste vir até Manu-mutin. Chegaste tarde. Muito tarde. Fiquei sem pele. Porquê abóboras? Esquece as abóboras, certo? O irmão extraordinário também já se esqueceu do que disse por saber que ninguém enriquecia a semear abóboras. Virou-se para a torneira ou o *au-kadoras* que haverá de trazer o *mina-rai* do fundo do mar

Finalmente!

(saudou o visitante)

Chegou o Sir, que desta vez se fez acompanhar por um grupo de homens que pelo aspeto não pareciam contratados. Esperava

que fossem os naturais da ilha e aqueles eram brancos e tinham os olhos azuis. Perguntou ao feitor se o seu patrão ou Sir os teria ido buscar a Ué-bikas uma vez que eram altos, louros e de olhos azuis. Tinham porte atlético e olhos de gato. Foi-lhe explicado que eram militares holandeses que estavam em fuga, dado que a ilha estava a ser invadida pelos japoneses. O mundo estava em guerra. Meu pai não sabia que o mundo estava em guerra. Precisava de saber entre quem para decidir de que lado havia de se colocar para que não lhe queimassem a granja. O feitor Borromeu sabia e nada disse. Sabia mais do que dava a entender. Sabia demais. Sabia de tudo. Informou ao meu pai de que não vieram como contratados. Também não foi escolhido para ser feitor. Não sabia nada de agricultura e de café, mas com o tempo e a prática, talvez aprendesse alguma coisa. Escolheram este estranho e desolado sítio não por causa do café, mas por ser uma boa retaguarda em caso de guerra. Não havia mapa algum onde constasse o nome de Manu-mutin. Estavam em guerra, um conflito mundial que há muito tempo estava previsto. Não havia passado pelas suas cabeças encontrá-lo e foi um surpreendente acaso. Estivesse aqui outra pessoa também haviam de lhe fazer a mesma proposta
Patife!
Sentiu-se ofendido com as suas palavras. Cheio de ganas e quase lhe apertou o pescoço. Ganhou-lhe raiva que havia de mudar a sua relação com o feitor para sempre. Passaram a ser menos cordiais e muito mais formais. Deixaram de trocar sorrisos. Nem os de ocasião. Ficaram também sem os cumprimentos. Não havia bom dia para ninguém. Instalou-se um ambiente de guerra pessoal. Doravante passavam a acolher todos os que fugissem dos japoneses. Cabia-lhes a nobre tarefa de os proteger e depois serem entregues sãos e salvos aos Aliados. Fê-lo saber que a granja era sua. Quem mandava era ele. O que estava em causa era o café. Também teria ido embora se não fosse

o café. Tinham de fazer alguma coisa enquanto estivessem em Manu-mutin. Em troca da comida e da estada que limpassem os cafezais e fizessem a colheita

Sou um bom patife!

Disse irónico em resposta ao meu pai. Pediu-lhe para se esquecer do café. Em tempo de guerra ninguém havia de querer saber do negócio do café. Os holandeses não iriam aceitar a ordem de um feitor ou as sugestões de um patrão com uma pele bastante escura. Só aceitavam as recomendações do chinês porque lhes era útil. Era a única pessoa que lhes poderia valer. As autoridades coloniais portuguesas também os queriam ver fora do seu território por causa da política de neutral defendida pelo Salazar. Mas também por causa de velhas rivalidades e escaramuças fronteiriças. Olhavam-nos com desconfiança. Podiam voltar a repetir algumas das suas partidas. Meu pai fez votos para que fossem embora, desaparecessem da sua vista. Perdeu a mínima paciência para as suas múltiplas exigências. Que lhes servisse café logo pela manhã e, no entanto, não tinham interesse nenhum em o ajudar. As árvores abarrotavam de cerejas maduras. Passavam o dia inteiro a dormitar e estendidos ao sol na relva nos intervalos em que havia sol e esperavam que os fossem servir como se estivessem numa colónia de férias. Meu pai, desesperado, desejou que viessem rapidamente os japoneses na certeza de que os holandeses haveriam de pôr-se a milhas num segundo. Como fizeram quando os viram pela frente e vieram pelas montanhas acima. Pouco a pouco foram sendo entregues aos Aliados pelo Sir, que fez um magnífico trabalho para que não se perdessem vidas

Banzai!

Finalmente apareceram os japoneses. Não foi um desejo do meu pai nem de outro timorense que tivesse bom senso. Mas era o que estava a acontecer em toda a ilha. Movimentavam-se como formigas. Pequenas e laboriosas. Nunca paravam no mesmo sítio. Perguntaram sobre os soldados aliados que haviam entrado no território antes deles. Muitos fugiram para as montanhas quando os viram entrar na cidade de Díli. Andavam ao gato e ao rato num jogo de esconde-esconde. Meu pai podia ter dito que não viu nenhum, mas, por saber que mais tarde se descobrissem ou fosse denunciado que mentiu havia de sofrer a pior das represálias, disse-lhes que os acolheu, mas que se foram embora. Um alívio. Notou que o feitor sorriu concordando com as suas palavras. Talvez fosse essa a instrução que havia recebido. Colaborar para melhor informar. Ao invés do que o meu pai esperaria que ele pudesse fazer, foi longe demais. Passou a integrar a Coluna Negra, a milícia organizada pelo exército japonês. Instauraram a sede em Manu-mutin e foram um terror em todas as partes do território. Denunciou o meu pai aos japoneses que ele tinha o negócio de café com o chinês que estava ao serviço dos ingleses e dos seus aliados. Meu pai foi imediatamente detido e feito prisioneiro. Borromeu passou a ser o administrador da fazenda. Fazia de tudo para agradar aos desconfiados japoneses e ter-se prontificado para ir caçar o chinês que dizia ser o espião dos ingleses e dos seus aliados. Deixou de exibir a dificuldade que tinha em se movimentar por causa do seu pé direito

Não parem!

Não parava de gritar para o grupo de prisioneiros entre os quais se encontrava o meu pai e que foram obrigados pelos soldados japoneses a fazerem a limpeza dos cafezais e a colher os frutos maduros. Tencionavam exportar as sementes com a marca "Sol nascente", como sendo de propriedade exclusiva do império japonês. Ficou aliviado que não tivessem utilizado a marca "Insulíndia". Preservada de qualquer utilização imprópria. Ele foi fazendo a tarefa que lhe competia. Era dono da fazenda por direito. Foi quem descobriu o local de Manu-mutin e fez dele uma fazenda produtiva onde conseguiu realizar o seu sonho de ser um homem rico por causa do café. Sabia que algum dia a guerra havia de ter o seu fim, como todas as outras. Foram tantas as guerras que Timor já teve. A paz sempre foi efémera. Havia uma linha ténue que separava a guerra da paz. Bastava um pequeno rastilho e zás!, cabeças cortadas. Não lhe restava outra alternativa que não fosse colaborar para se manter vivo. Não foi o que aconteceu ao *kuda*, o seu único aliado. Meu pai afeiçoou-se-lhe na falta de um leal amigo. Transferiu para o cavalo a confiança que perdera com o feitor Borromeu

Mata, Raimundo, mata!

Pediu ao meu pai que matasse o cavalo. Os súbditos do Grande Império do Sol Nascente precisavam de carne. Américo Borromeu decidiu que o cavalo fosse sacrificado. Pediu ao meu pai que o matasse. Raimundo de imediato recusou. Nunca havia passado pela sua cabeça semelhante punição. Américo Borromeu voltou a insistir que meu pai havia perdido a propriedade e também o cavalo. Ambos passaram a pertencer ao Império. Foi-lhe destinada a tarefa de lhe tirar a vida. Devia fazer o mesmo se porventura lhe fosse exigido que tirasse a sua, em nome do Império, sublinhou. Raimundo voltou a recusar. Matar o cavalo seria como se fizesse *harakiri*. O honrado suicídio tão ao gosto dos japoneses. Ele nunca havia de tirar a sua própria vida. Não seria capaz de o fazer. Achava o *harakiri* medonho. Também o corte do dedo mindinho pela quebra de lealdade. Américo Borromeu aproximou-se dele e fez-lhe ameaça

Mata, Raimundo, mata!

Que não o obrigasse a fazer o que não gostaria. Primeiro tirava-lhe a vida e, só depois, ao cavalo. Por isso esperava que o meu pai tivesse o bom senso de aceitar o irrecusável. Os japoneses esperavam que ambos dessem provas concretas de leal colaboração. Foi o que fez. Nada melhor que fosse através de um gesto que mostrasse violência. Depois, em sussurro, disse que era sangue de cavalo, um animal como outro qualquer. Certamente que já matou muitos animais na vida. Seria mais um. Apenas um cavalo ou *kuda*. Sorriu ao lembrar-se do que havia dito. Meu pai ignorou a sua lembrança. Nem sorriu como pretendia Borromeu. Baixou os olhos para esconder a sua profunda tristeza. Borromeu entregou-lhe a espada e fez-lhe um último aviso. Que escondesse do seu rosto qualquer tipo de emoção. Segurasse bem a espada e fosse frio enquanto o visse morrer às suas mãos, após o qual havia de se retirar como num duelo entre cavalos

Mata, Raimundo, mata!

Meu pai lamentou a morte do cavalo para o resto do seu tempo. Foi a maior perda que experimentou na sua vida, mais do que a partida do seu pai para África ou do esquecimento da sua mãe no jardim de rosas, devorada pelas plantas. Mais tarde quando voltou ao assunto disse-me que talvez gostasse mais de cavalos do que de pessoas. Disse-o com a mesma frieza, não sei se foi desta maneira que executou o cavalo, que ambos lhe serviam para montar. Com a diferença de que gostava mais de cavalos que de pessoas. Nunca haviam de traí-lo. Ripostei que ninguém o traiu. O que aconteceu com o feitor Américo Borromeu foi fruto das circunstâncias. Devia retirar daí uma lição. Não devia entregar-se nas mãos de outra pessoa, fosse ela parceira nos negócios ou nas coisas do amor. Aconteceu seguir o meu conselho. Continuou solteiro e casto até ao fim dos seus dias. Não foi boa ideia ter seguido o meu conselho. Sou excelente nos meus prognósticos, mas péssima a cumprir os meus propósitos

Fiz tudo ao contrário!

Entreguei-me perdidamente a uma pessoa por motivo de uma causa que muita gente dava como perdida. Ele tentou provar o contrário e fê-lo de uma forma exemplar e brilhante. Foi extraordinário. Foi essa a razão para que os timorenses lhe dessem o extraordinário nome de irmão extraordinário. Mas cada um dos timorenses foi extraordinário nos momentos em que teve de ser extraordinário. Se a Pátria o absolveu de todos os seus pecados certamente que fez o mesmo com todos. Cada um lava-se na ribeira onde se molha e limpa-se com o que tiver mais à mão. Não quero que te laves com as minhas lágrimas nem queiras limpar-te segurando as minhas mãos da forma como o fazes

Sebastian!

(revelou o seu nome)

Depois da guerra meu pai recebeu de Sir, que revelou chamar-se Sir Sebastian (lembra-me o nome de um cavaleiro que perdido no deserto tentasse a todo o custo embebedar um cavalo que havia recusado transportá-lo por se encontrar bêbado), um cavalo como compensação por ter perdido o outro. Meu pai nunca viu Sir Sebastian exceder-se com bebidas alcoólicas. Manteve-se sempre sóbrio na presença de outrem para que nunca pusessem em causa o seu nobre estatuto. Era um cavalheiro. Dizia que era cavalheiro inglês, embora os ingleses nunca lhe concedessem o título honorífico nem cidadania. Ficou um pária. Magoado com a desventura, agarrou-se à garrafa de uísque, a mais velha representante de Sua Majestade. A bebida mais democrática alguma vez concebida. Enfeita a garrafeira de um tirano como a prateleira de um revolucionário. Ao primeiro golo ganham fôlego e prometem partir a garrafa na cabeça do outro na primeira oportunidade. O cavalo hospedou-se em casa do meu pai até à minha vinda para Manu-mutin. Morreu de velho. Meu pai substituiu-o por um outro mais novo

Haverá bruxas que sejam novas?

Que las hay, las hay!, dizia o meu noivo, que andou no seminário e lia livros em espanhol. Quando os japoneses se foram embora começou a caça às bruxas. Coitadas das bruxas. Que fossem caçar morcegos ou pirilampos. Voam de noite. Gosto muito de bruxas. Acendem lareiras e cantam sozinhas. De alguma maneira pensam que sou bruxa. Canto *"Que sera, sera, whatever will be, will be"* que Tia Benedita ouvia no disco que punha no gramofone vezes seguidas quando me embalava para me adormecer. Fui sempre referida como sendo a fantasma ou noiva de Manu-mutin por causa do episódio em que defrontei tudo e todos trajada com o meu vestido de noiva. Passeava no jardim de rosas com o meu longo vestido branco manchado com o sangue do meu pai que tinha o sonho de me ver subir ao altar vestida de noiva. Embora já me tivesse livrado do meu vestido de noiva, continuam a ter por mim a mesma reverência que têm pelas bruxas. Também andas à caça das bruxas? Não sei se foi esse o motivo que te trouxe a Manu-mutin. Posso ser a bruxa que procuras

Achas que sou bruxa?

Por segurares as minhas mãos como se me quisesses prender para não me deixares fugir. Seguras de uma forma tão imprevista e tão surpreendente que nenhuma bruxa resistiria a uma investida tão avassaladora. Devia ser esse o motivo para me dizeres que gostarias de plantar abóboras. Para que se saiba, deixei de semear abóboras. Planto-me nesta varanda à espera do meu noivo que nunca mais virá por não estar vestida com o meu vestido de noiva. Deitei-o fora depois de ter abrigado debaixo dele quem o meu noivo trouxe para ser protegido. As bruxas fazem sempre a mesma questão. Repetem-na até à exaustão. Repetem-na como numa partitura musical. Sou eu a bruxa que procuras?

Quem procuras?

Não sei se de um sonho que abandonaste por teres optado pela Pátria como fizeram tantos que nunca pediram nada em troca. Américo Borromeu foi detido não por causa da bruxaria que tivesse feito, mas por ter sido um *bombela*, colaborador dos japoneses. Não foi esse o motivo principal. Se fosse apenas essa a acusação também o governo do território no

cumprimento da política neutral e passiva foi *bombela*, razão pela qual os vencidos japoneses anuíram em devolver a Lisboa a soberania do território antes da chegada dos Aliados que foram os vencedores e, por terem saído vitoriosos, lhes tivesse passado também pelas cabeças apropriarem-se de Timor, como fizeram com alguns territórios. Pequenos, mas muito valiosos. Disse uma asneira? Não creio. Cabe-me dizê-la e, a outros, que deem à luz, a verdade. A outra verdade. Que nunca será a mesma. Se temos memórias diferentes teremos sempre verdades diferentes. A mesma moeda, as duas faces. Perguntarás da razão de conhecer esses factos. Foi Sir Sebastian que contou ao meu pai por ter feito parte da guerrilha do Madeira de Ermera que lutava contra os japoneses que se queixaram às autoridades coloniais para o convencer a depor as armas. Foi o que aconteceu. Sir Sebastian andou fugido das milícias da Coluna Negra. Tia Benedita foi uma das vítimas dos soldados japoneses durante a ocupação. As mulheres foram sempre as principais vítimas dos homens durante as guerras. Homens que serviam nos exércitos invasores e homens que enfileiravam as resistências
Sabias disso?
(claro que sabes)
Passa-me pela cabeça tudo o que pudesse passar pela cabeça de uma pessoa que sofreu no corpo e na alma por ser mulher e se encontrar sozinha. Nem sequer me respeitaram a loucura. Tiraram proveito dela. Américo Borromeu foi acusado não pelas asneiras que disse, mas pelo que fez durante a ocupação japonesa com a milícia Coluna Negra. Meu pai foi testemunhar a seu favor. Que teria sido levado pelas circunstâncias. Tendo sido espião e colaborador dos Aliados, juntou-se aos japoneses para salvar a pele quando os súbditos do imperador se apropriaram de Manu-mutin. Se descobrissem o que fazia, seria imediatamente fuzilado. Teve de fazer o mal e ser

o pior para melhor desfazer as suspeitas que os japoneses e os seus informadores tivessem a seu respeito. Meu pai pediu que fosse condenado pela violência que o próprio assumiu ter praticado e que cumprisse a pena como feitor na sua granja República de Manu-mutin

Qual será a minha pena!

Acredito que irás pedir para mim pena capital por te fazer essas confidências. Se é que vieste aqui para recolher informações para depois me entregares ao irmão extraordinário como fez o meu noivo. Se quiseres podes ir-te embora. Não há pena maior do que a falta da memória. Américo Borromeu voltou à República de Manu-mutin para reassumir o seu papel de feitor. Foi um golpe de mestre do meu pai que através de um oportuno gesto altruísta colocou uma pedra no seu sapato. Ao dar-lhe a mão, fê-lo seu refém por causa de um crime. Que de facto aconteceu. Muitas das vítimas vieram pedir a sua cabeça por causa dos maus-tratos e da morte de familiares da autoria das milícias da Coluna Negra, onde ele foi um cabecilha. Meu pai prometeu indemnizá-los, dizendo que foi a primeira vítima de Américo Borromeu que estava a cumprir a pena como merecia.

O primeiro passo foi pô-lo a tratar do cavalo oferecido por Sir Sebastian. Devia ter sido penoso para Américo Borromeu lembrar-se do que fez ao outro. Cabia-lhe a tarefa de lavá-lo todos os dias e de limpar os dejetos. Enquanto meu pai não contratasse trabalhadores teria de limpar as ervas daninhas e fazer covas para executar novas plantações de cafeeiros. Foi o próprio que disse que com o tempo e com a prática havia de aprender a lide de agricultor. Executava as tarefas com esmero. Em momento algum se mostrou desagradado com o que fazia. Sabia que se não o fizesse seria lançado às feras que o haviam de o devorar. Manu-mutin foi a sua prisão e ao mesmo tempo a sua salvação

Queres que te salve?

Não creio que tivesses vindo a Manu-mutin em busca da tua salvação. Isso só aconteceu uma vez e foi com o feitor Américo Borromeu. Não salvo ninguém. Nunca salvei fosse quem fosse. Não tens cara de quem precise de ser salvo por se encontrar desesperado. Observei-te antes de entrares nesta casa. Sabias muito bem ao que vinhas. Pergunto quem me salva a mim de mim própria. Se és tu o anjo Gabriel ou outro a quem Deus destinou a missão de me salvar de mim própria, dado que me tornei um poço escuro onde me enterrei e com vontade de lá permanecer para sempre, para que não me salvassem. Irás proclamar que foste tu o meu salvador. Repetirás até à exaustão e até à náusea o teu feito. Fico refém da tua pessoa e da tua generosidade e, em troca, farás cobranças quando te apetecer. Pior do que um bom patife é o patife bom
Não conheço nenhum!
(exceto os que por aqui passaram)
O irmão extraordinário enquanto esteve aqui hospedado fez uma pintura a que deu o título *O Salvador* e é, supostamente, o seu autorretrato. Pintou um Salvador inebriado com a sua própria imagem. Nada é mais fiel do que o retrato que o artista faz de si próprio. Ao ler o livro de Miguel de Cervantes encontrei um separador que era uma estampa do quadro *El Salvador* de El Greco que se fixou em Toledo. Quem o colocou foi o missionário jesuíta a quem o livro pertencia para fixar uma passagem no capítulo XVIII na qual Don Quijote se dirige ao seu escudeiro e que passo a citar de memória: "*Sábete, Sancho, que no es un hombre más que outro, si no hace más que outro. Todas estas borrascas que nos suceden son señales de que presto ha de serenar el tiempo y han de sucedernos bien las cosas, porque no es posible que el mal ni el bien sean durables, y de aquí se sigue que, habiendo durado mucho el mal, el bien está ya cerca*".
O livro estava em minha posse na altura em que o hospedei. Mesmo em cima da minha mesa de cabeceira. Se o leu

certamente que reparou no separador e na estampa da pintura de El Greco. Fiz desaparecer o autorretrato por suspeitar que os militares viessem à sua procura depois da sua saída. Não acredito que tivesse sido o feitor Borromeu a mando de outrem quem tivesse espalhado a notícia da sua estada em minha casa para que fosse alvo das sevícias dos militares indonésios por hospedá-lo. Foi o que me aconteceu como certamente deverá ser do teu conhecimento. O feitor Américo Borromeu já me tinha avisado para não me aproximar tanto do lume a ponto de me queimar. Não devia aproximar-me tanto dele a ponto de o conhecer tão bem que passasse a ser uma figura suspeita, alguém que pudesse pôr em causa o seu estatuto. Fiz tudo ao contrário do que o feitor Américo Borromeu me havia dito. Desafiei-o a revelar quem achava que era. Não gostou do meu atrevimento. Puniu-me por isso, obrigando-me a ficar de vigília enquanto tomava algumas notas num papel. Antes de se ir embora disse que a Pátria haveria de o absolver de todos os seus pecados

Queres que eu te absolva?

Por suspeitar que fosse essa a razão para me procurares. Não me interesso pelos pecados de outrem. Cada um que carregue o seu pecado. Não sei quem sejas. Não sei donde vens. Não sei quem eras antes de entrares nesta casa para me dizeres que gostarias de plantar abóboras. Ainda queres semear abóboras ou foi algo que te ocorreu dizer para justificares a tua vinda? Há muito que deixei de semear abóboras. Não creio que queiras semear abóboras para expiares os teus pecados. Coitadas das abóboras. Quando fiz os meus primeiros quadros, pintei sempre a mesma abóbora, mas repetida em vários quadros. Como se quadro após quadro e, à medida que fosse aprimorando a minha mão, conseguisse encontrar a abóbora perfeita. Haverá alguma que seja perfeita? A perfeição não existe. De abóboras, de gansos e de pessoas, absolvidas ou não

Queres que eu te absolva?

Suponho que não. Cada um expia-se como pode. Também não acredito que tenhas vindo com o propósito de fazer a recolha do autorretrato a mando do irmão extraordinário. Do paradeiro do livro nada sei, uma vez que ficou com ele. Disse que tencionava devolvê-lo ao dono. Supus que tivesse conhecimento sobre quem seria mesmo o dono. Porventura sabes tu se o devolveu ao dono? O seu autorretrato ainda está guardado nesta casa, à espera que venha buscá-lo. Não sei se terá vontade para o fazer. Provavelmente esqueceu-se dele. Também do que disse sobre plantar abóboras. Não passa pela minha cabeça pensar que não podendo cumprir o que havia prometido tivesse delegado noutra pessoa a missão de realizar essa tarefa. Durante esses anos todos não houve quem lhe tivesse recusado pedido. Se fosse preciso dariam a vida por ele

Darias a vida por mim?

(tiveste a tua oportunidade)

Quanto ao seu autorretrato teria de desenterrá-lo do fundo de uma das minhas pinturas. Aviso-te que não consentirei que o faças, embora tenha curiosidade em saber se ainda preserva o mesmo rosto de *O Salvador* por estar ocultado. Enterrado debaixo de tintas. Não gosto de ressuscitar fantasmas. Aqui a fantasma sou eu. A noiva ou a neblina de Manu-mutin. Ainda queres plantar abóboras ou foi algo que te ocorreu dizer para justificares a tua vinda? Deixei de semear abóboras. Planto-me nesta varanda virada do avesso e para dentro de mim. Daqui vejo o mundo. Não sei se do avesso. Não sei se sou eu que estou do avesso ou se é o mundo. Talvez seja do efeito do *rain-fila*. Um outro abalo e tudo voltará ao seu lugar como era dantes. Cito do livro de Miguel de Cervantes as palavras de Don Quijote: *Habiendo durado mucho el mal, el bien está ya cerca.*

Terceiro andamento

Madrugada.

É a hora em que nos viramos para o lado donde nasce o dia e de costas para a noite e para as sombras que nos visitam durante o sono. Gostaria de ter nascido numa madrugada. Minha mãe não me disse se foi. Tive mãe como toda a gente. Mas não me lembro de quem tivesse sido a minha mãe. Não me lembro dela como não me lembrei das mãos do meu noivo. Eu devia saber como era o rosto dela, dado que o de uma mãe deve ser aquele que se guarda durante a vida inteira e para onde nos viramos na hora da morte. Eu devia saber como eram as mãos do meu noivo antes de o aceitar como tal, quando me pediu a mão. Parto do princípio de que, quando me pediu a mão, me tivesse segurado as mãos para o fazer. Há quanto tempo seguras as minhas mãos? Ainda não as largaste a partir do momento em que apareceste na minha casa. Entrámos de mãos dadas na madrugada e ainda não sei com quem estou de mãos dadas.

Não sei quem sejas. Não sei donde vens. Não sei quem eras antes de entrares na minha casa para me dizeres que gostarias de plantar abóboras. Queres mesmo semear abóboras ou foi algo que te ocorreu dizer para justificares a tua vinda? Calculo que estejas farto de ouvir da minha boca a mesma música de uma mesma partitura e ainda não sei quando e como acaba. Aqui nesta terra sou conhecida como a neblina ou a noiva de Manu--mutin. Conheces tão bem a minha história quanto eu. De outro modo não terias vindo. Recuemos no tempo e em sentido contrário ao seu movimento. Recuemos até ao lugar do princípio da nossa história até onde a nossa imaginação nos permitirá viajar. Proponho que nesta madrugada me ajudes a concebê-la, enquanto estivermos de mãos dadas. Veremos depois o que poderá acontecer às nossas mãos.

Ela nasceu no lado da fronteira que se opõe ao nosso e, por isso, foi assumido que tivesse nascido no lado errado. Foi no tempo em que tudo o que fosse o contrário havia de estar errado. Quando se sentiu apta a fazer o seu próprio percurso cruzou a fronteira por sua conta e risco e foi empregar-se no quartel dos militares do Pelotão da Fronteira. Suponho que fosse esse o nome que davam ao pelotão que tinha a missão de guardar a fronteira por onde passavam espiões, negociantes, contrabandistas, ladrões e aventureiros, refugiados e emigrantes clandestinos. Desde então, passou a oferecer os seus préstimos ao nosso lado. Nada de errado, exceto o facto de continuar a viver no lado contrário, motivo para que levantassem suspeitas de que estivesse a trabalhar também para o inimigo. Todos os dias atravessava a fronteira para vir trabalhar no nosso lado. Lavava a roupa, a pele e a alma dos militares do Pelotão da Fronteira. Lavava com sabão azul. Calculo que já existisse sabão azul. Sonhou que podia ter um filho. Não lhe era proibido sonhar sobre o que lhe conviesse, como ter um filho de olhos azuis e iguais aos do sargento Castelo Branco, que todos os dias estava de olho fixo nela para lhe cobrar cada minuto da sua fidelidade.

No lado certo apaixonou-se erradamente pelo maqueiro que não tinha olhos azuis, mas sabia cantar uma música que a enternecia. Embora cantasse muito bem *Mai fali eh!*, a canção que também cantavam no outro lado, a voz da mãe a convocar para a união das partes divididas pela fronteira artificial, como todas as outras que foram traçadas a régua e esquadro pelos poderes coloniais, foi-se embora para Díli, onde o esperavam as festas de *kore-metan*. Nem quis saber da criança que ficou entregue aos cuidados da mãe. Ela não augurava que o filho tivesse um futuro mais prometedor que o dela e cuidou de ir entregá-lo ao mestre Ambrósio. O professor catequista recebeu-o de braços abertos. Exigiu em troca que a progenitora se afastasse dele, por ter uma vida não recomendável de acordo com o padrão de educação que pretendia oferecer-lhe

Podias ter sido padre!

(pela fé nos vamos)

Tens mãos ágeis, finas e delicadas. Mãos que podiam ter sido consagradas. Lavadas com água benta. Bonita profissão a dos padres por manterem as mãos ágeis, finas e delicadas e também por ser aquela em que o compromisso com a entidade patronal tivesse de ser feito através de profissão de fé como acontece com os que se enveredam pela medicina. A cada um a sua parte humana. Aos médicos o corpo e aos padres a alma. Cada um esquarteja a sua parte para que saibas se sofres dos males do corpo ou da alma. Sei onde começa a minha alma e quando acaba o meu corpo. Pergunto se têm fé, o médico e o padre. Acredito que sim. De outra forma não teriam seguido a profissão que escolheram. Embora muitos o fizessem para adquirirem a fé e outros mais tarde a tivessem perdido pela falta da mesma na profissão que haviam escolhido. Pergunto se alguma vez te serviste das tuas ágeis, finas e delicadas mãos para impores a vontade de quem estavas ao serviço? Se o fizeste, foi certamente em nome da Pátria. A Pátria me absolverá!, quem o disse fê-lo como profissão de fé. Absolveu-te também de todos os teus pecados. Ignoro os pecados que tivesses cometido contra os teus irmãos timorenses que dos indonésios tivessem ficado em casa. Não me move o ressentimento. Pretendo conhecer que mãos são essas que seguram as minhas. Tenho pavor das mãos de quem não conheço

Que fizeste tu?

(com as mãos ágeis, finas e delicadas)

Apraz-me fazer-te a pergunta pela forma segura como agarras as minhas mãos. Tenho curiosidade de saber se no fim da madrugada, quando me esmorecer a garganta e me faltar a palavra na boca, continuas a agarrar as minhas mãos da forma como o fazes. Nunca alguém havia feito desta maneira. Não sei da tua real intenção. O que te move. Se me agarras por teres feito profissão de fé na minha pessoa ou por teres perdido a fé na extraordinária pessoa em quem confiavas, decidiste fazer das minhas mãos a tua tábua de salvação.

O menino agarrou-se às mãos do mestre Ambrósio e cresceu com Fé, Esperança e Caridade. Os três pilares da salvação eterna. Houve momentos em que o Deus impiedoso e justiceiro que o mestre catequista lhe mostrou quase o sufocou. Pôs em dúvida se devia ou não frequentar o seminário. O mestre Ambrósio já tinha um plano de Deus para ele e não havia que retroceder. Tinha mesmo de ir para o seminário de qualquer maneira. Se não saísse de lá padre por falta de fé havia de arranjar emprego na capital em que tivesse fé na profissão. Muitos dos que perderam a vocação não tiveram dificuldade alguma em arranjar emprego numa repartição pública, o mesmo acontecia com noivas

Nunca noivei!

Lamentava a sua sorte. A vida não era igual para toda a gente. Nunca havia passado pela sua cabeça pôr-se ao serviço de Deus. Prestava serviço, mas aos homens. Um de cada vez. Consciente de que o filho estivesse bem entregue nas mãos de Deus, todos os dias, cheia de fé, fazia a travessia da fronteira de um lado para o outro para fazer tudo como era dantes. Lavava a roupa, a pele e a alma do Pelotão da Fronteira. Lavava com sabão azul. Não sei se foi do sabão azul, mas tinha a fixação de ter um rebento que fosse rapaz e azul, isto é, de olhos azuis, por onde se podia espreitar o céu, antes de decidir se havia de valer a pena que uma pessoa se mortificasse tanto para lá

entrar. Se tivesse um outro filho não voltaria a cair na asneira de ir entregá-lo fosse a quem fosse
Quero um filho!
(e eu de uma mãe)
Um filho que a fosse redimir do pecado por ter entregado o primeiro a outrem. Por se ter livrado de uma missão que nenhuma outra pessoa pudesse fazer em seu nome. Havia de ter outro filho nem que tivesse de pecar, setenta vezes sete, quantas vezes fossem necessárias. Um filho que lhe sufragasse a alma
Tenho alma!
Mas quero um filho!, disse ao sargento Castelo Branco que mandava no quartel. O primeiro que se colocou na dianteira foi o Miranda que veio das Terras de Miranda. Não tinha conhecimento que era dono de terras. Só se fossem aquelas que ficavam para lá dos montes, serras e mais serras e, no meio das serras, as Terras de Miranda. Ela gostava do nome destas terras. Também do rapaz destas serras. Aprendeu a dizer "anda, Miranda!", quando lhe dava vontade de ficar a sós com o Miranda que também não se fazia rogado. Há muito que se ausentara das suas terras onde deixara noiva e a quem prometera que havia de casar com ela no dia do seu regresso. Perguntou ao sargento Castelo Branco que se portava como o representante de Deus na terra por causa dos seus olhos azuis e frios, do seu porte austero e patriótico, se de facto existiam umas terras que eram só do Miranda ou se era tudo um conto de fadas de que não se cansava de repetir, uma e outra vez, para encantar as almas piedosas e sensíveis dos gentios. Foi-lhe informado que o mancebo era das terras da dança dos pauliteiros. Dançavam com paus nas mãos e, em caso de conflito entre vizinhos, também haviam de se servir dos paus para o resolverem. Menos o que dele se esperava. Ficou apenas pela dança. E o Miranda *mirandou* para as Terras de Miranda
Saudades!

Foi assim que o sargento Castelo Branco apresentou o seguinte como sendo o Saudades por cantar o fado de Coimbra. Tão triste e de tanto ser tão triste tornou ainda mais triste o fado dela. Também na sua terra se tocava o *kronson*, uma música tão triste como o fado. Abraçavam-se a chorar com as cabeças pousadas nos ombros. Ele cantava o fado e ela trauteava o *kronson*. Ficaram apenas pelos abraços e lágrimas. Ele foi-se embora, tantas as saudades que tinha. Saudades da terra, da mãe, do pai, das tias, da namorada, do gato, das noitadas, dos becos por onde andou, das tascas onde se embebedou e dos passarinhos da ribeira. De tantas as saudades que carregava dentro da sua alma e de tanto se vergar ao trágico destino que ela achou por bem que deviam ficar apenas pelas saudades. Despediu-se dizendo que ia sentir saudades dela. Ela ficou sem saber o que seria a saudade, se seria doença ou azedume. A resposta veio de imediato do sargento Castelo Branco repondo a ordem no quartel. Que não era uma coisa nem outra. Eram saudades e pronto. Não se explicava. Acontecia

Tens saudades?

(ou outra coisa qualquer)

Saudades de algo que tivesse acontecido na fronteira quando eras menino. Certamente que não. A pessoa que viveu na fronteira era outra, que fora entregue ao professor catequista para que lhe desse educação e lhe ensinasse catequese. Mestre Ambrósio mandou-o estudar no seminário onde aprendeu a conjugar verbos e a declinar palavras em latim. Também aprendeu a dança dos pauliteiros, o fandango e o vira do Minho. Que em Espanha se comia paelha e dançavam sevilhanas. Dançava-se muito na Península Ibérica. Afora o tempo em que andavam à bulha por causa de maus casamentos. Fico triste que não tivesses saudades minhas. Como havias de ter saudades minhas se nunca te dei as mãos? Se nunca te ensinei a dançar, fosse

o que fosse? Se nunca me olhaste como se me pedisses bei-
jos? Havias de ter saudades de alguma coisa. Do pai, da mãe,
de uma irmã que nunca chegaste a conhecer, de uma tia que
confeccionava bolos de abóboras. Talvez de uma madrugada
fria em que alguém de mão dada contigo anunciou que ias ter
uma surpresa que havia de mudar a tua vida
Mudar de vida?
(seria bom que acontecesse)
Foram tantos os anos em que sonhámos que no dia em que a
guerra acabasse havíamos de mudar de vida. Muitos perderam
as suas para que toda a gente pudesse ter uma vida melhor. Precisas de mudar de vida. Admito que seja esse o motivo ou a razão
da tua vinda a Manu-mutin. Precisas de mudar de vida ao teu
pensamento. Que pelo facto de teres participado na luta de libertação não te concede nenhum privilégio especial de esbanjar
o dinheiro do Fundo Petrolífero. Disseste abóboras, mas podias
ter dito café. Meu pai orgulhava-se do café que era produzido na
República de Manu-mutin com a marca "Insulíndia" e que lhe
dava muito dinheiro. Fruto do seu labor. Um café com um sabor único e um precioso aroma. Trazes na roupa um cheiro estranho de que não me lembro nesta terra. Não precisas de te en-
charcares com perfume para me vires fazer a corte. Não gosto
que me façam a corte. Não sou nenhuma das peritas que traba-
lham para as organizações internacionais que arribaram nesta
terra. Não preciso de ser seduzida. Escusavas de ter gasto o teu
dinheiro de veterano num perfume caro que adquiriste em Bali,
para onde vão os empresários estoirar o que ganharam nos con-
cursos públicos de estradas, pontes e outras obras.
Gosto do perfume de flores de laranjeira. Traz-me laranjas maduras. Laranjas sumarentas. Gosto de laranjas maduras
Olhão!
Foi o nome que lhe foi dado pelo sargento Castelo Branco precisamente por ser de Olhão. Cheirava a laranjas maduras e ao mar

e apresentou-se como aquele que tinha olhos que viam melhor que todos os outros. Prometia fazer melhor que todos os outros. Disse que era do Sul, onde o sol arde com mais força e queima. Que na terra do sargento Castelo Branco era tudo do Norte. Uns mais a norte que outros, mas todos do Norte e muito claros. Que o Sul ficava mais abaixo. Alguns mais a sul que outros, muito torrados. Provavelmente disse Sul por causa da sua tez morena de tanto andar ao sol e à pesca. Lançou a sua rede que foi devolvida vazia. Nem peixe graúdo, nem peixe miúdo, caranguejo ou mexilhão. Desistiu da faina e foi-se embora para Olhão. Cheirava a laranjas maduras e ao mar. Pena que tivesse pescado em águas quentes com redes furadas.

Ela fez chegar o seu desespero ao sargento Castelo Branco, que a ouviu cheio de pena. Mandou vir o Entroncamento. Chegou cheio de pressa com mantimentos na camioneta alugada a um chinês. Chegou como se tivesse feito a viagem de comboio até à fronteira. Tinha tanta pressa em fazer o regresso que foi preciso a intervenção do sargento Castelo Branco que lhe fez a pergunta

Acreditas em milagres?

(ele sem saber o raio da pergunta)

Milagre foi ter chegado inteiro e vivo até à fronteira por causa do péssimo estado das estradas. Muita lama e muito lodo. E foi precisamente por causa do mau estado das estradas que o sargento Castelo Branco lhe fez a proposta que devia tirar um tempo de intervalo e repouso para tomar banho e mandar lavar a roupa. Havia uma pessoa que estava encarregue de lavar a roupa e a pele dos militares. Que os milagres aconteciam quando menos por eles se esperasse. Perguntou-lhe se não eram milagres os factos ocorridos na sua santa terra. Não lhe custava nada que repetisse em proveito próprio alguma da sua graça

Grávida?!

(surpreendida com o seu estado)

Quando deu a notícia que estava grávida de mim foi saudada em júbilo como sendo o milagre do Entroncamento, o último. O milagre foi-lhe atribuído por ter sido o último da fila. Ela não tinha tanta certeza como o sargento Castelo Branco. Entroncamento era um rapaz muito apressado. Despachou-se em três tempos como se não quisesse perder o comboio para casa. Ela nem deu pela sua falta. Depois do insucesso do Miranda, do Saudade e do Olhão, era no Entroncamento que o sargento Castelo Branco havia depositado a esperança do Pelotão da Fronteira. Estava satisfeito, dado que ficou grávida, supostamente por obra e graça do rápido do Entroncamento. Se foi milagre? Não creio que tivesse sido. Sinto-me deveras reconhecida que tivesse sido o rápido do Entroncamento ou outro qualquer o responsável pela minha vinda ao mundo
Milagre?!
Desiludida quando lhe disseram que era uma rapariga. Quando me deu à luz não foi o milagre que a minha mãe desejava. A minha vida está repleta de equívocos. Não nasci rapaz nem tinha olhos azuis, mas pretos de azeitona e de tanto os serem que através deles talvez se pudesse ver o que estava para lá da escuridão, se havia de valer a pena que uma pessoa fizesse tantas restrições. Se ao contrário do que fora dito, encontrasse no sítio do desterro gente séria, farta mesa e boa cama. Por ter nascido deste lado, o certo, não me podia levar para o outro lado, o errado. Fiquei entregue aos cuidados da Tia Amélia, que mandava na praça por ser aquela que cuidava da roupa e da pele do sargento Castelo Branco. Mais tarde haviam de me dar destino. Não sabiam bem o quê. Uma situação análoga à dos adidos do ultramar que ficavam arrumados em prateleiras
Não fiquei em nenhuma!
Quis o destino que o meu se tivesse cruzado com o de um negociante de café que também fazia a travessia da fronteira para ir negociar no lado errado com prósperos comerciantes árabes.

Tinha livre-trânsito. Era rico e havia criado a sua própria lenda e mito por ser o proprietário do café da marca "Insulíndia" que exportava para alguns países do Oriente graças aos bons ofícios do seu amigo e sócio Sir Sebastian. Chegou a acordo com o sargento Castelo Branco, ignoro a troco de quê, provavelmente por não querer ficar com a batata quente na mão, para que me levasse para bem longe da fronteira por causa de desacatos que tiveram lugar entre ambos os lados pela minha disputa

Não ma roubem!

(disse a minha mãe em desespero de causa)

Eu era a pessoa que havia de a resgatar de todos os seus pecados. Penou tanto para me dar à luz. Nem tudo foi um mar de rosas. Não foi nenhum milagre do rápido do Entroncamento. Aconteceu. Podia ter sido com qualquer um. Estava à mercê de qualquer um. Tudo bons rapazes. Não lhe foi permitido atravessar a fronteira por ter sido acusada de espia. Que era o que fazia durante anos a fio no quartel dos militares do Pelotão da Fronteira. Lavava-lhes a roupa, a pele, o cabelo, o pelo, o couro e o cabedal e sacava-lhes informações precisas sobre a quantidade de armas de que dispunham, munições e homens. Cada lado trancou as portas do seu lado por julgar ter a razão do seu lado. Instaurou-se que cada parte havia de contentar-se com o que tivesse do seu lado para o provimento das suas necessidades espirituais e de outras carnais satisfações

Satisfações?!

(devia ter ido pedir satisfações, devia)

Fui levada para Manu-mutin pela mão de Dom Raimundo, que passou a assumir o papel de meu pai. Manteve-se solteiro e casto durante esses anos todos que já havia perdido esperança de arranjar uma parceria que lhe pudesse garantir descendência. Uma parceria de sucesso como aquela que tinha com Sir Sebastian. Eu fui o melhor que lhe podia ter acontecido sem se incomodar em saber quem havia de escolher. Não porque não desejasse ter mais outro travesseiro na cama, mas por recear perder a sua aura e o mito de homem casto como era o senhor todo-poderoso que mandava na terra dos *malae-mutin*. Fez tudo para se manter afastado da curiosidade alheia. A granja era o seu forte. Não permitia que pessoa alguma dela se aproximasse, exceto o seu amigo chinês que se vestia sempre de branco e usava um chapéu colonial também branco que lhe ensombrava os olhos oblíquos. Surpreendeu-o com uma prenda

"Isto!"

(um pequeno ganso branco)

Trouxe de Díli para fazer a guarda da granja e também para afastar quem porventura ousasse aproximar-se de mim. Disse que o pássaro branco havia de crescer rapidamente. Fomos evoluindo de par em par, iguais na mesma brancura, astúcia e graciosidade. Com o tempo adquiriu o seu instinto maternal e adotou-me como filha. Revelou-se como fêmea. Meu pai preferiu manter o seu anterior sexo. Em casa podia ser fêmea, mas para o exterior devia ser macho. Numa terra de galos impunha mais respeito se fosse muito macho. No meu caso revelou-se desastroso. Apercebi-me de que metia medo aos intrusos como às outras crianças. Afastavam-se de mim quando o viam. Assustava-os com o seu potente grasnar. Nunca mais havia de arranjar amigos. Quando cresci manteve afastados os rapazes que me pediam namoro. Afastava os potenciais pretendentes. Ficava na mesma situação do meu pai, que permaneceu solteiro e casto toda a vida

Isto?

Perguntou a Sir Sebastian se quando disse "Isto" seria o nome que havia pensado dar ao ganso branco ou se o pássaro tinha um segredo qualquer de que não quisesse revelar. Não achava que "Isto" fosse nome que se pudesse dar a um guerreiro, um guarda imperial, como só um ganso branco. Não era nenhum bicho. Lembrou-se do episódio quando lhe ofereceu também um cavalo negro. Na altura não lhe deu a resposta. Que era ao meu pai que cabia dar o nome ao cavalo. Desta vez nem se fez rogado e disse de pronto que se chamava *Sun Tzu*

Sun Tzu?

(desconhecia quem tivesse sido Sun Tzu)

Sir Sebastian retirou do seu saco um livro escrito em carateres chineses. Meu pai fez-lhe saber que não sabia ler qualquer que fosse a língua em que o livro estivesse escrito, com receio de que fosse um manual comunista. Sir Sebastian, que esteve ao serviço do império britânico, esclareceu que o perigo da China não provinha da ideologia, mas do trabalho escravo a que todos os seus cidadãos se submetiam, independentemente do regime. Matavam-se a trabalhar da mesma forma, tanto para o capitalismo como para o comunismo. Cobrindo-se de amarelo ou de vermelho a China seria sempre um grande império. Mas para o meu pai o assunto que mais o preocupava era outro. Se tinha conhecimento de que o ganso branco não era o que dele se pudesse pensar. Que não era tão macho quanto devia ser. Sir Sebastian pediu-lhe para não se preocupar com o sexo do pássaro. Não o tinha. Sendo eunuco era tão bom guarda como um anjo

Casto?

Casto e solteiro era o meu pai e havia a lenda de que tivesse imposto a si próprio uma vida de total abstinência. Razão para que nunca tivesse assumido qualquer relacionamento. Borromeu ensinou-lhe a falar, a escrever e a ler. Ministrou-lhe história, geografia, álgebra e gramática. Instruiu-lhe a distinguir um animal do outro. Que cavalo era o *kuda* e o burro era o *kuda-buru*. Um não era mais esperto do que outro, dado que ambos se deixavam montar fosse por quem fosse. Estavam em igualdade de circunstâncias. Tanto relinchava o cavalo como ao burro borri-far-se para o que pudessem pensar a seu respeito.

Apesar da resistência do meu pai ao saber e ao conhecimento, Sir Sebastian não o considerava menos apto do que o feitor Borromeu. Mas que lhe deixava o livro para entender da utilidade dos nobres pensamentos de Sun Tzu na resolução de conflitos. Foi o manual que lhe permitiu orientar-se quando se juntou ao Madeira de Ermera, que moveu uma guerrilha contra os japoneses durante a ocupação. Ele próprio se prontificou a fazer os seus próprios comentários. Muitos foram os sábios chineses que ao longo do tempo fizeram comentários sobre *A arte da guerra*. Cada um tinha o seu entendimento das palavras do Sun Tzu. Lembrava-se de Ch'en Hao, que disse algo que talvez interessasse ao meu pai saber: "Instala os teus soldados na terra e deixa que nela semeiem e plantem". Meu pai fez-lhe saber que foi o que fez quando chegou a Manu-mutin. Ao contrário do que disse Ch'en Hao instalou-se sem precisar de soldados. Trabalhou como um chinês, sem horas de sono ou descanso. Tinha de convencer a si próprio que seria capaz de realizar o seu sonho sem precisar de ajudas. Embora não quisesse apropriar-se do papel que fora atribuído ao Ch'en Hao, não achava que os pensamentos de Sun Tzu tivessem alguma utilidade finda que estava a guerra

Enganas-te!

(reagiu como um tigre)

Disse-o de uma forma tão abrupta que fez meu pai olhar para ele como se tivesse um segredo bem guardado e que se propunha fazer-lhe a revelação. Sir Sebastian era uma pessoa que continuava na posse de segredos e, por viajar tanto e por tantas terras, sabia do evoluir da situação no mundo. Revelou ao meu pai que devia preparar-se para a próxima guerra, não sabia bem quando havia de ter lugar, se neste ou no próximo século. Dom Raimundo ficou muito impressionado com o que ouviu e muito preocupado com o estado físico e mental de Sir Sebastian. Auspiciava que o seu precioso tempo não fosse além de um ano, ao contrário do pensamento de Sun Tzu, que dizia ser milenar. Meu pai decidiu ficar com o livro, havia de lhe dar alguma utilidade para a próxima guerra

Arranja-me uma ama!

(ainda não havia o pássaro branco)

Disse-o no dia em que entrou em casa com um embrulho debaixo do braço. O feitor Borromeu não compreendia a urgência do seu pedido e só deu conta do recado quando no meio de um *tais* viu uma cabeça de criança que desatou aos berros. Não parava de chorar e ambos não sabiam como haviam de estancar a choradeira. Passavam de um colo para o outro. Revezavam-se no cuidado na esperança de que um conseguisse melhor resultado do que o outro. Por fim, cansada de tanto ter desafiado as paciências deles, adormeceu como um anjo. Não sei como adormecem os anjos. Provavelmente de olhos abertos. Sento-me na cadeira de lona nesta varanda de olhos bem abertos. Quando morrer espero continuar de olhos bem abertos para saber quem me embala

Tia Benedita!

(bendito nome)

Borromeu lembrou-se da Tia Benedita para me embalar. Precisava de quem me soubesse embalar, dado que nem ele nem o suposto pai tinham experiência na matéria. Tia Benedita sabia ler e escrever por ter estudado no colégio feminino em Soibada, onde também aprendeu lavores relacionados com a apregoada condição feminina. Não sabia bem ao que vinha. Quando foi contactada pelo feitor Américo Borromeu foi-lhe pedido que guardasse sigilo, dado tratar-se de um assunto confidencial que talvez envolvesse as autoridades que queriam ver-se livres de mim, por não ser um bom exemplar da raça, embora tivesse pele tão clara como a deles. Os desacatos foram exagerados face à minha importância. Nenhuma. Que o assunto devia ter sido morto logo à nascença. Para todos os efeitos eu não existia. Fui levada para um lugar que nem sequer tinha existência nos mapas do território. Assim se resolveu o problema

Qual é o teu problema?

(abrindo bem os olhos)

Fez a pergunta quando abriu o berço para me ver. Não era a criança que Tia Benedita esperava ver. Só podia ser filha de *malae-mutin* por causa da minha pele branca e dos olhos muito pretos que de tanto o serem pareciam verdes. O feitor sorriu. Tia Benedita conteve-se para não chorar de tanto rir. Como seria possível que alguém como o meu pai, que era um homem solteiro, casto e escuro, pudesse ter gerado uma filha que em tudo lhe era diferente. Só podia ser milagre. Ela acreditava em milagres, fruto dos anos em que esteve como interna no colégio feminino de Soibada. Depois do milagre do rápido do Entroncamento aconteceu-me ser também o milagre de Manu-mutin. De tanto milagre que não havia de me acontecer mais algum. Acabou-se o pote de soluções rápidas. Mágicas. O feitor Borromeu pediu-lhe contenção. Tia Benedita seguiu-lhe os conselhos. Em boa hora se lembraram de a contratar para minha ama. Não sabia como seria a minha vida se ficasse apenas entregue aos cuidados da trindade masculina do meu pai, o casto, de Borromeu, o hábil, e do Sun Tzu, o eunuco

Quem é o teu pai?

Não o teu, não o meu, mas o do menino que ficou entregue aos cuidados do mestre catequista. Foi a pergunta que lhe fora feita pelo padre superior quando entrou no seminário de Dare. Como não conheceu o soldado maqueiro que cantava "*Mai fali eh!*", disse mestre Ambrósio que o havia preparado na leitura, na escrita e na fé em Deus. Preparou-o na cultura bíblica, no respeito pelos dez mandamentos e no culto das personalidades extraordinárias, o maior de todos foi Jesus Cristo, o Salvador que "El Greco" retratou na sua pintura.

Permaneceu no seminário até ao dia em que lhe foi revelado que não tinha vocação. Que fosse continuar os estudos no liceu e, depois, se fosse bom aluno talvez conseguisse uma bolsa de estudos para ir estudar agronomia em Lisboa. Enraivecido por ter sido despedido e, de saída, trouxe com ele o livro *Don Quijote de la Mancha* de Miguel de Cervantes que lhe fora emprestado por um padre jesuíta espanhol. Uma edição em língua castelhana. Não lho devolveu. Encantou-se pela figura Don Quijote que achava tão louca como extraordinária. Quando se matriculou no liceu e, por andar sempre com o livro de Miguel de Cervantes que citava por tudo e por nada, ficou com o nome de Sancho Pança. Não se ofendeu. Sabia que lhe faltava o arrojo e a loucura

Quem é o teu pai?

Talvez fosse essa a pergunta que tivesse passado pela tua cabeça. Não conheci outro senão o meu raptor que, por reverência, o tratavam por Dom Raimundo. Fez cair o apelido *Metan* em troca do sonoro Dom. Houve tempo que também quis ser Dom como os *liurais* que receberam a bênção e patacas das autoridades. Ficou revoltado por não receber idêntica atenção que de patacas tinha de sobra. Ninguém sabia onde ficava Manu-mutin. Precisava de mostrar quem foram os seus régios antepassados. Lembrou-se que o seu pai, antes de fazer a pé o regresso a Moçambique, revelou-lhe o nome Gungunhana. Não aceitou por não saber quem fora Gungunhana em vida. Foi o feitor Américo Borromeu quem lhe ensinou que Gungunhana fora um valente régulo em Moçambique, assim como Boaventura o fora em terras de Manu-fahi. Ainda pensou apresentar-se como descendente do *liurai* Boaventura, dado que a sua mãe era parente do régulo de Manu-fahi. Mas seria de todo contraproducente se o fizesse. Sujeitava-se a que as autoridades coloniais lhe retirassem a propriedade por citar o nome do rebelde. Gungunhana e Boaventura eram ambos farinha do mesmo saco

Traz-me o sábio!

(há muito não lhe dava notícias)

O feitor que fosse discretamente até Díli e trouxesse Sir Sebastian para que decifrasse os carateres chineses por estar interessado nas máximas de Sun Tzu e da sua *A arte da guerra*. Achava que a sua atual situação era de uma guerra aberta com as autoridades. Borromeu percorreu a cidade de Díli em busca do sábio. Visitou todas as lojas dos chineses e ninguém lhe soube responder sobre o local da sua residência. Na estrada de Balide foi abordado por alguém que lhe perguntou se andava à procura do cavalheiro que recitava poemas em língua inglesa e depois distribuía-os a quem o quisesse ouvir. Que tinha o fígado todo estragado de tanto se encharcar com uísques e *tua-sabu*, aguardente pura. Foi-lhe indicada uma casa no bairro de Kulu-hun para onde se mudou por ter sido rejeitado pela própria família. Avisou que se apressasse. Mais dia, menos dia, talvez mudasse de endereço para o cemitério de Santa Cruz. O sítio para onde iam repousar os cavalheiros rejeitados pelas pátrias adotivas.

Antes de o feitor lhe fazer saber ao que vinha, Sir Sebastian pediu que se sentasse na esteira e tivesse paciência para o ouvir. Uma vez que não podia deslocar-se até Manu-mutin por razões evidentes, que Borromeu fosse portador dos seus ensinamentos e da sua interpretação de *A arte da guerra*. Uma semana depois o feitor continuou sentado na esteira a ouvi-lo. Ao décimo terceiro dia quando finalizou a sua interpretação ao décimo terceiro capítulo de *A arte da guerra*, Sir Sebastian calou-se. Borromeu fechou-lhe os olhos e voltou a Manu-mutin, cheio dos ensinamentos de Sun Tzu, confiante de que o que aprendera com o sábio fizesse dele também um sábio. Dom

Raimundo estranhou que tivesse demorado tanto tempo e perguntou pelo sábio. Borromeu sorriu como um verdadeiro sábio. Dom Raimundo, enfurecido, disse-lhe que pedira para trazer o sábio e não o pagode. O feitor não se incomodou com o que ouviu. Aprendera com o sábio os ensinamentos de Sun Tzu para não se perturbar perante uma situação de conflito. Imperturbável, mostrou-lhe novamente o sorriso de sábio

Pedi o sábio e não o burro!

(enraivecido com o feitor Borromeu)

Ordenou que selasse outra vez o cavalo para ele fazer a viagem até Díli para se encontrar com o sábio. Borromeu, resistindo às variações do humor de Dom Raimundo, acompanhou-o na viagem. Montado no seu cavalo e indiferente à situação do feitor que se deslocava pelos próprios pés, Dom Raimundo parecia determinado na sua missão de resgatar o sábio que julgava detido ou feito refém pelas autoridades coloniais. Borromeu falava enquanto caminhava. Falava com viandantes, na esperança de que Dom Raimundo lhe dirigisse a palavra e tivesse oportunidade para lhe explicar que o seu amigo estava gravemente doente. Dom Raimundo sabia da precariedade da sua saúde, mas não entendera no enigmático sorriso de Borromeu a mensagem implícita de que o sábio partira em paz consigo próprio. O feitor não quis contrariar o patrão, que havia de saber por ele próprio o que acontecera ao sócio que nos últimos anos da sua vida se dedicara às ciências ocultas, à filosofia oriental e a outros saberes. Em certa medida ele trouxe o mundo para dentro da minha casa através das conversas que mantinha com o meu pai. Expunha livremente o seu pensamento

Anda, Borromeu!

Incitava-o para que não se atrasasse. Borromeu enquanto caminhava lembrou-se dos tempos em que Sir Sebastian se juntou à guerrilha do Madeira de Ermera, que movia uma luta feroz contra os invasores japoneses. Nunca conseguiu pôr-lhe a mão em cima. Sir Sebastian andava sempre um passo à sua frente ao mesmo tempo que em cada árvore foi colocando uma frase enigmática para o incentivar "Anda, Borromeu!". As mesmas palavras pronunciadas pelo meu pai para que o feitor não se atrasasse. Quando o chefe da guerrilha depôs as armas por suposta mediação das autoridades coloniais que se mantiveram neutrais durante todo o conflito, andou escondido para não ser morto pelas milícias da Coluna Negra. Era o troféu que Borromeu gostaria de oferecer aos japoneses. Sir Sebastian conhecia melhor o território do que o feitor. Finda a guerra não lhe foi pedir explicações. Deixou de se interessar pelo que lhe pudesse acontecer

Pesa-te a consciência?

Calculo que fosse esse o motivo que te trouxe a Manu-mutin. Para te livrares de algo que te atormenta. Meu pai há muito que havia abandonado Manu-mutin. Na capital, deparou com a casa vazia. Não havia ninguém para o receber. Dom Raimundo perdeu a paciência. Borromeu reagiu como um sábio, tendo-lhe dito que tinham de esperar o tempo que fosse necessário. Em momento oportuno o sábio chinês havia de lhes enviar um sinal. Reparou que por cima de um baú estava um papel escrito que dizia "Para Dom Raimundo". Como se soubesse que meu pai havia de fazer o possível para o visitar quando o feitor lhe desse a notícia sobre a precariedade da sua saúde. Dom Raimundo chegou atrasado. Abriram o baú e era um gramofone e também um disco que talvez ouvisse e fosse seu desejo que meu pai soubesse do seu requintado gosto pela voz da Doris Day, que cantava *"Que sera, sera, whatever will be, will be"*

Não falo com mortos!

(revoltado com o facto de não o ter encontrado)

No regresso nunca mais se calou. Elevou o tom dos seus protestos por pensar que as autoridades fizeram desaparecer o seu amigo e sócio por ter passado para as agências estrangeiras informação sobre o massacre dos sublevados ocorrido no ano de 1959. Despejou toda a palavra feia de que se lembrasse em tétum e sobretudo em português porque lhe sabia bem dizer "*fida-da-futa!*" como faziam os *kaladi* quando queriam insultar imitando os *malae-mutin*. Prometia que no regresso iria proclamar uma república independente em Manu-mutin para não ter de pagar as despesas de outrem. Borromeu foi contrapondo que não era bem verdade o que dizia. Se não fossem os funcionários da praça ficava sem nenhum vintém. Não podia exportar café para o estrangeiro e receber o dinheiro da sua venda. Se Dom Raimundo guardasse recato nos atos e fosse comedido nas palavras, podia autoproclamar-se comendador Comendador?

Achou graça que pudesse ser comendador. O feitor Borromeu sorriu com a sua pergunta. Falou de comendador como podia ter falado de uma outra entidade que vestisse de branco, bispo ou administrador. Perguntou-lhe o que achava se Dom Raimundo se vestisse de branco e depois autoproclamar-se comendador da República de Manu-mutin. Surpreendido com a ideia, respondeu-lhe com um elogio. Que Américo Borromeu era o sábio que foi a Díli buscar. Bispo, não. Talvez administrador de posto. Mas esta hipótese estava fora de questão. Aceitava ser comendador da República de Manu-mutin. Só não sabia como se vestia um comendador. O feitor confirmou-lhe que era tudo branco. Dos pés à cabeça. Borromeu, a meio do caminho entre Díli e Manu-mutin, teve de regressar à cidade para comprar um fato branco igual ao do Sir Sebastian com lacinho ao pescoço e um chapéu colonial também branco. Esqueceu-se de comprar sapatos porque se entreteve numa loja a escolher uns óculos de sol que adquiriu para o caso de não querer expor-se, como faziam os espiões que arribaram em Díli antes da chegada das tropas. De regresso a Manu-mutin, depois de fazer a entrega da roupa, retirou-se sorrateiramente enquanto

Dom Raimundo experimentava o fato. Chamou com voz áspera o feitor Américo Borromeu para lhe lembrar que se esquecera de comprar sapatos. Fez-lhe saber que um comendador havia de calçar sapatos. Brancos. Não queria passar vergonha por o verem de fato branco e de pés nus, como se não tivesse dinheiro para os comprar

Não precisa!

(Borromeu borrado de medo)

Fez-lhe saber que não havia de precisar de calçar sapatos para ser comendador. Qualquer um podia andar calçado. Inclusive ele que mancava do pé direito. Se calçasse seria igual a um *liurai*. O que o distinguia dos outros *liurais* era a distinção do seu fato branco em contraste com os seus pés nus e pretos. Uma combinação perfeita entre o tradicional e o moderno. E, para compensar a sua falha por não se ter lembrado dos sapatos, disse-lhe que havia comprado uns óculos escuros que lhe ficavam a matar. Deu-lhe um espelho para a mão

Veja, Dom Raimundo!

Que se mostrou encantado com a sua imagem vendo-se ao espelho. Endireitou os óculos com as mãos para se ver melhor. Insatisfeito por não se ver de corpo inteiro, disse ao feitor que fosse novamente a Díli trazer um grande espelho para se ver trajado com a sua roupa de comendador. Borromeu teve de fazer uma outra viagem à capital e foi preciso recorrer ao serviço dos *matrós*, que trouxeram o espelho num andor como se fosse a estátua de santo António. Que lhe fossem relatando a viagem do espelho e o tempo que havia de demorar até chegar junto de si. Quando foi anunciado à chegada, vestiu-se com o seu fato branco, colocou na cabeça o chapéu colonial também branco e nos olhos os óculos escuros a matar. Quando descarregaram o espelho colocou-se defronte dele. Mirou de alto a baixo o seu volumoso corpo e mostrou-se infeliz por não se reconhecer na imagem que via. Um cavalo a olhar para um palácio. Estava profundamente triste por não se reconhecer no espelho. Borromeu aproximou-se dele e segredou-lhe aos ouvidos que o que via não era a mesma pessoa que esperava que fosse, mas o comendador Dom Raimundo. Doravante devia agir como um comendador. Ajustou-lhe o fato e corrigiu-lhe a postura. Devia andar com a cabeça levantada e, quando sorrisse, devia tapar a boca com um lenço branco

Salve, Comendador!

Saudou-o com repetidas vénias para o convencer do seu estatuto, beijando-lhe várias vezes a mão. Foi assim que o feitor Américo Borromeu encerrou Dom Raimundo num casulo branco e voltou a tomar conta da granja. A primeira batalha estava ganha. A seguinte foi ter conseguido a troco de lealdade que as autoridades coloniais dessem permissão para a transferência de trabalhadores para a granja de Manu-mutin. Vestido a rigor com o seu fato branco, lacinho ao pescoço e chapéu colonial branco, descalço e uns óculos escuros a matar, Dom Raimundo depois de ter investido o feitor Américo Borromeu como chefe de *suku*, proclamou-se comendador da República de Manu-mutin

Não há quem me queira!

(muitos anos depois de ter sido ocultada)

Fiz-lhe saber que todo o aparato que havia construído em volta da República de Manu-mutin afastou de mim todos os potenciais pretendentes. Também me mostrou o seu desagrado por saber que até agora nenhum único *liurai* lhe ter feito uma proposta de um filho varão que estivesse interessado na minha pessoa seguindo as tradições e cumprindo o *barlaki*. Mas o facto de não ser eu a escolher o pretendente a noivo, sabia lá quem era o candidato, fiz-lhe saber que gostaria de viver na cidade de Díli, onde as pessoas dispunham de liberdade para fazerem as suas próprias escolhas sem ser por obrigação ou em cumprimento de tradições familiares. Gostaria de ir viver na cidade de Díli com a Tia Benedita. Mas que lhe daria notícias se porventura houvesse alguém de quem realmente gostasse. Que me fosse concedido o direito de escolha do noivo Ele que se apresente! Foram essas as suas últimas recomendações que me soaram a aviso. Que a última palavra seria sempre a dele. Foi-me concedida autorização e fui viver em Taibesi, um bairro periférico de Díli, numa casa com um grande quintal onde pude realizar uma das atividades que mais me agradava, como semear abóboras. Saía com a Tia Benedita para ir ver o mar ou então visitar lojas para escolher tudo o que fosse necessário para o meu enxoval. Se me foi permitido pelo meu pai viver em Díli foi para encontrar noivo e consequentemente alguém que me levasse ao altar vestida de branco. Para meu infortúnio e, apesar de me ter exposta na cidade, ninguém se aproximou de mim para me fazer o pedido. Fez-me sentir como se ainda vivesse em Manu-mutin e protegida pelo ganso branco Não há quem me queira! Foi a resposta que lhe dei quando me perguntou se havia novidade. Alguns curiosos e provavelmente interessados foram perguntar à Tia Benedita para saber se era filha de qual *malae-mutin* por nunca me terem visto com os progenitores. Ela sempre foi clara e direta. Não tinha tempo a perder. Que não era filha de *malae-mutin* mas de *malae-metan*, o comendador da República de Manu-mutin. Ficavam a rir com a sua resposta por julgarem que estivesse a divertir-se pelo facto de ter sido interpelada. Outros mostravam uma cara em que se podia notar algum pavor por saberem que o comendador não era uma pessoa de fácil relacionamento. Fiquei também a conhecer o meu pai pelas máscaras que faziam nos rostos. Esta situação embaraçosa apesar de me deixar triste e revoltada também me ajudou a fazer a triagem dos interessados. Apesar da sua loucura e dos seus excessos e restrições, foi sempre um bom pai para mim. Fez tudo para que ficasse protegida da maledicência alheia e do julgamento da praça que me condenava por ser filha de *malae-mutin* e de uma *nona* que se divertiu à grande. Indiferente aos meus insucessos no que dizia respeito ao namoro, Tia Benedita perseguia a sua tarefa de compor o meu enxoval e conseguiu que as freiras do internato de Balide a ajudassem a fazer o meu vestido de noiva

Onde está a noiva?

(não sabiam quem era a noiva)

Precisavam de a conhecer para lhe tirarem as medidas exatas do corpo e da alma. Um vestido de noiva tinha de albergar estas duas componentes. Podia ser um fiasco por provocar um desacato dentro do vestido. A alma a puxar para um lado e o corpo a fazer em sentido contrário. Arriscava-me a ficar toda despida. Entrei no internato feminino de Balide e, para meu espanto, encontrei um ambiente rigoroso em que algumas freiras ficaram estarrecidas por me verem como se fosse a reencarnação de uma santa padroeira ou a Nossa Senhora de Fátima. Permaneci em silêncio como uma estátua de pedra enquanto se atarefavam em me tirar as medidas. Lembro-me de uma noviça que passou a mão pelo meu peito, para se certificar se tinha seios de carne. Fê-lo de uma forma tão brusca e tão desajeitada, que me levou a soltar um palavrão

"Fida-da-futa!"

(como dizia Dom Raimundo)

A primeira reação delas foi de espanto e, de seguida, foi uma tremenda algazarra. Nunca havia passado pelas suas santas e benditas cabeças que alguém com um rosto angelical e de fino trato fosse capaz de dizer uma expressão tão feia. No melhor pano caiu a nódoa. Que a santa era tudo menos uma santa de Portugal. Por ter usado uma expressão como faziam os falantes de *mambae*, diziam que tinha pinta de santa, mas de uma santa *kaladi*. Para minha surpresa fizeram tudo ao contrário. Não mais me quiseram largar. Tocavam-me na pele, nas mãos, nos cabelos e no peito. Algumas propositadamente faziam-no com mais intensidade como se de mim esperassem que dissesse mais outras expressões do género. Não sabia. Era a única que sabia por ser a que Dom Raimundo costumava dizer quando ficava zangado. Encarregaram-se de me mostrar o internato, os sítios onde dormiam, comiam, estudavam e rezavam. Queriam saber tudo sobre mim e sobre o sortudo do noivo. Dei-lhes a saber que não havia noivo. Ainda não o tinha encontrado e estava na cidade para arranjar a pessoa que fosse do meu agrado para depois ser apresentada ao meu pai. Prontificaram-se a ajudar-me a encontrar candidatos. Apresentaram-me primos, irmãos, amigos, antigos colegas, parentes próximos e afastados e nenhum deles se mostrou interessado quando lhes disse que era filha do comendador da República de Manu-mutin

Posso escrutinar as suas abóboras?

Ainda não tinha dado a minha permissão já ele havia entrado pela varanda da casa para me pedir se podia escrutinar as minhas abóboras. De certeza que foi ao dicionário buscar a palavra mais difícil que lá viu para me vir impressionar por lhe ter passado pela cabeça que era filha de *malae-mutin*. A minha primeira reação foi de rejeição por causa da sua lata e descaramento e só me apetecia mandá-lo embora por onde entrou. Fiz-lhe ver que devia ter a permissão da Tia Benedita para o fazer. Ela que assistira a tudo tratou logo de lhe conceder a sua autorização para que fosse até ao quintal escrutinar as minhas abóboras como era seu desejo. E lá fomos nós atrás dele para sabermos qual era a sua real intenção quando disse escrutinar. Pegou nos frutos maduros e, por cada um deles, passou as mãos ágeis, finas e delicadas, sentindo com os dedos as partes redondas e macias, ao mesmo tempo que olhava para mim para me mostrar o prazer que sentia em escrutinar as minhas abóboras perante os meus olhares

Já chega!

Tia Benedita interrompeu-o por ter utilizado uma palavra esquisita para esconder a evidência da outra. Não compreendia por que razão dizia escrutinar, se o que estava a fazer podia resumir-se numa simples palavra como apalpar. À observação, embora tivesse provocado no seu rosto uma leve tonalidade rubra, não se atrapalhou com o que ouviu. No dia seguinte apareceu à mesma hora e lá estava eu à sua espera para o levar ao quintal. Mas antes fiz-lhe a pergunta sobre quem era e por que razão me pediu para escrutinar as minhas abóboras, fosse lá o que fosse o que aquele palavrão significava. Esclareceu-me que era estudante do liceu e, no seu caminho para as aulas, reparou na figura de uma menina que mexia na terra e na lama para tratar das abóboras. Chamou-lhe a atenção por nunca ter visto filha de *malae-mutin* que tivesse apetência por um trabalho manual e sujo. Tinha o sonho de ir fazer o curso de agronomia em Lisboa

Nasceste em Lisboa?

Quis saber se nasci em Lisboa e se cantava fado. Disse-lhe que nasci na fronteira. Que o meu fado era encontrar um noivo. Não era filha de *malae-mutin* mas de *malae-metan*. Sorriu por me achar muito divertida por causa da minha resposta. Repetiu todo o gesto que fizera no dia anterior. Que gostava de mexer na terra e de escrutinar as minhas abóboras. A sua comida favorita era *modo-fila*, um refogado de rebentos de abóboras. Tia Benedita que o ouvia com atenção fez-lhe saber que podia voltar no dia seguinte quando saísse do liceu depois das aulas para vir deliciar-se com o seu prato favorito. Apareceu na hora marcada com fome e fez-se acompanhar do livro *Don Quijote de la Mancha*

En un lugar de la Mancha, de cuyo nombre no quiero acordarme, no ha mucho tiempo que vivía un hidalgo de los de lanza en astillero, adarga antigua, rocín flaco y galgo corredor, assim começou a nossa viagem por terras de Espanha através do livro de

Miguel de Cervantes. Ele iniciou a leitura com pronúncia castelhana que para mim soava como o latim das missas. Disse-me que sabia latim por ter estudado no seminário durante três anos. Também espanhol por causa de alguns padres jesuítas que lá ensinavam e que eram oriundos de Espanha. Não tinha bem a certeza se quem lhe emprestou o livro era de Toledo. Coube-me a vez de experimentar o meu castelhano que era um tanto diferente do dele por não ter aprendido latim e por ter uma pronúncia entre *mambae*, tétum, português e o grasnar de um ganso. Uma grande mistura. Uma estranha mistura. Tia Benedita assistia a tudo com o seu ar piedoso como se participasse nas missas em latim das celebrações natalícias e pascais na missão católica de Soibada, que terminavam sempre em festa quando o celebrante, passadas três horas, sentenciava *Ita missa est!*. Enviou uma mensagem ao meu pai a relatar que por enquanto ainda estavam na fase de encantamento mútuo por causa de um livro escrito em espanhol de um certo Miguel de Cervantes que falava de Don Quijote de la Mancha e do seu escudeiro Sancho Pança
Como se diz abóboras em latim?
Fiz-lhe a pergunta no meio da leitura, convidando-o a que interrompesse a mesma para provarmos os bolos de abóboras da Tia Benedita, que ficou com o prato suspenso na mão enquanto aguardava que ele respondesse à pergunta que lhe fora feita. Disse *cucurbita!*, e foi um alívio geral. Tia Benedita ficou de tal forma estarrecida e feliz com o seu latim que até me piscou o olho por ter encontrado a pessoa exata para ser apresentada ao meu pai. Não era qualquer um que podia resgatar do fundo do tempo uma palavra como *cucurbita*
Queres escrutinar as minhas cucurbitas?
Fiz-lhe a pergunta na ausência da Tia Benedita. Ficou atrapalhado sem saber o que havia de fazer. Disse-lhe que foi ele que teve a iniciativa de fazer o pedido. Estava a dar-lhe a resposta

por que tanto ansiava. Como estava numa situação duvidosa em que me parecia que desatasse a fugir da varanda para fora, peguei na sua mão direita, lembro-me de que era ágil, fina e delicada, e fi-la deslizar pelo meu peito. Quando Tia Benedita regressou para junto de nós com mais bolos de abóboras, surpreendeu-o com a mão pousada no meu peito. Ela aproveitou a ocasião para lhe fazer a proposta se estaria na disposição de ir até Manu-mutin apresentar-se ao comendador. Certamente que Dom Raimundo havia de ficar encantado por saber que em latim abóbora se dizia

Cucurbita!

Repetiu Tia Benedita, que se engraçou com a palavra. Fez-lhe o aviso de que podia retirar a mão do meu peito uma vez que a lição de latim já estava dada. Ele voltou a ficar atrapalhado e retirou a sua mão, lenta, lentamente. Talvez por ter sido apanhado em flagrante delito, aceitava a proposta que lhe fora feita, mas de momento interessava-lhe que continuássemos a ler o livro. Queria tirar o máximo proveito da leitura, gostava de ouvir a minha voz, que eu tinha voz e semblante de espanhola por causa dos meus cabelos pretos e lábios carnudos, dos bolos de abóboras e do *modo-fila* da Tia Benedita. Como continuou a tratar-me com reverência mesmo depois da cena da mão no meu peito, disse-lhe que se deixasse dessa formalidade de seminarista. Podia tratar-me por Insulíndia, o meu nome que era o mesmo do café de Manu-mutin. Ele sorriu e disse que havia escolhido para mim um nome em latim, Bellis Sylvestris. Apresentou-se como Sancho Pança, assim era conhecido pelos colegas do liceu. Andava à procura do seu Don Quijote, alguém que tivesse tanto de louco como de extraordinário

Eu de um noivo!

Que era de um noivo que precisava. Havia encontrado um candidato que sabia ler em castelhano e que em latim abóbora se dizia *cucurbita*. Fiz-lhe saber que ele podia ser o meu noivo que havia saído do livro de Miguel de Cervantes. Alguém que sabia tanto. Tinha esperança de que algum dia havia de aparecer um cavaleiro para me raptar. Alguém destemido como Don Quijote e, atrás dele, o escudeiro Sancho Pança que, para minha surpresa, entrou de rompante pela minha casa, invertendo completamente o seu papel no enredo. Já tinha o meu vestido de noiva que fora costurado pela Tia Benedita e pelas freiras de Balide. Elas haviam de ficar radiantes se soubessem que o eleito estudou para ser padre e, por isso, era uma pessoa tão santa como qualquer uma delas

Sabes grasnar?

Perguntou Dom Raimundo no dia em que Sancho Pança se apresentou na granja República de Manu-mutin para lhe pedir oficialmente a minha mão, uma vez que já o havia escolhido como meu noivo. Meu pai lembrou-lhe que se sabia latim também havia de compreender a língua oficial da República de Manu-mutin. Deu ordens ao ganso branco para que grasnasse. Ele atrapalhou-se com a pergunta e também com a presença de *Sun Tzu*, que o intimidava com o seu forte grasnar. Não soube como havia de responder. Se devia continuar calado ou então dar-lhe uma resposta que não era nenhum pato bravo

Sabes grasnar?

Insistiu na sua pergunta de modo a que ele desse resposta para conferir da sua sabedoria que Tia Benedita lhe havia transmitido. *Sun Tzu* até lhe deu uma ajuda preciosa grasnando de uma forma repetida que fê-lo ficar assustado que até urinou nas calças. Devia ter imitado o pássaro branco e a resposta estava dada como certa e assim podia voltar para junto da noiva. Voltou as costas ao meu pai e ao *Sun Tzu* e desatou a correr como se tivesse visto o demónio

Que fizeste ao meu noivo?

Fi-lo saber que meu noivo depois de ter ido a Manu-mutin não voltou a falar comigo. Talvez meu pai o tivesse assustado com o ganso branco que guardava a propriedade e também por causa do aparato do seu traje branco e os óculos escuros a matar. Respondeu-me muito ofendido que o ex-seminarista não era o noivo que Manu-mutin precisava por se ter molhado todo na sua presença. Uma revelação que me surpreendeu. Se desapareceu ou entrou em clandestinidade foi por não querer voltar a ver o meu pai e muito menos aparecer junto da noiva com as calças molhadas. Foi educado no seminário com valores éticos. De forma nenhuma iria aparecer junto de mim com as calças molhadas. Meu pai disse-me que não estava à altura de ser o noivo da filha do comendador da República de Manu-mutin. Foi posto à prova e falhou na sua apresentação. Deu ordens para que eu regressasse imediatamente por temer que fosse raptada pelo candidato a noivo. Uma informação que lhe fora transmitida pelo feitor Américo Borromeu. Disse-lhe que era um absurdo. Sancho Pança nunca agiria dessa forma. Faltava-lhe o arrojo e a loucura de Don Quijote para executar o golpe. Decidi permanecer em Díli, sabendo que um dia havia de voltar para buscar o livro

Onde está o meu noivo?

Que nunca mais apareceu. Farta de estar à espera, fui à sua procura no liceu onde estudava e o senhor Evaristo, o decano chefe dos contínuos, teve a gentileza de me informar que nunca mais soube dele desde o dia em que lhe comunicou que iria faltar às aulas para se deslocar à República de Manu-mutin, entusiasmado com a perspetiva de se encontrar com uma pessoa extraordinária. Prontificou-se a ajudar-me a procurá-lo na casa da pessoa onde estava hospedado. Que também não sabia por onde andaria. Quando saiu de casa comunicou-lhe que ia fazer um retiro com um homem santo que morava em Manleuana

Manleuana?

Um bairro periférico que ficava longe de tudo. Ninguém arriscaria ir sozinho até Manleuana. Arrisquei-me na companhia da

Tia Benedita. Depois de hora e meia de penosa caminhada, fomos encontrá-lo numa casa escondida no meio de palmeiras e canas de bambu onde muitas pessoas se reuniam para praticarem um culto clandestino e sentadas numa comprida e larga esteira. Rezavam o padre-nosso em tétum, mas em vez de proclamarem *Ami ni aman iha lalehan* trocavam o céu pelo fundo do mar e diziam *Ami nia aman iha tasi okos*. E foi a dizer "*Padre-nosso que está no fundo do mar*" que nos sentámos na larga esteira. O culto era animado por uma pessoa que pelo seu aspeto parecia ser o homem santo. Era baixo, magro, de tez escura, vestia um *hakfoli*, um pano atado na cintura que lhe encobria as pudicas partes como faziam os pescadores da ilha de Ataúro quando iam ao mar. Tinha cabelos alvos e longos, os olhos pequenos, cintilantes e profundos. Suspeitei que fosse alguém que tivesse experimentado na sua vida um facto extraordinário que tivesse mudado a sua forma de estar na vida. Deu pela minha presença por causa da cor da minha pele e interrompeu a sessão. Desapareceu da cena protegido por duas mulheres
No fundo do mar?
Fiz-lhe a pergunta quando Sancho Pança se aproximou de mim e da Tia Benedita. Mostrou o seu desagrado pela nossa invasão. Fiz-lhe saber que fez o mesmo quando entrou pela minha casa dentro dizendo que queria escrutinar as minhas abóboras. Perguntei-lhe se não gostou de ter escrutinado as minhas abóboras. Explicou-me que estava muito aborrecido por causa da receção que o meu pai lhe havia feito. Que tudo foi muito precipitado por na altura não se encontrar preparado para enfrentar o demónio. Sorriu por lhe ter escapado uma palavra que não previa dizer. Faltava-lhe passar por uma experiência mística que não conseguiu enquanto aluno do seminário. Não se aproximou tanto de Deus como desejava. Nem teve ocasião para Lhe ver as sandálias ou a sombra. Estava a dar início a uma longa caminhada que propunha fazer. Não sabia quanto tempo

havia de demorar e, no fim da jornada, talvez regressasse para me levar ao altar. Que o Mestre havia interrompido a oração pela nossa presença

Mestre?!

Perguntou-lhe Tia Benedita. Mostrou o seu desagrado por causa da pergunta da Tia Benedita. Disponibilizou-se para nos explicar que o seu Mestre foi o único sobrevivente quando o navio *Arbiru* foi ao fundo na viagem que fez a Singapura. Foi até ao fundo do mar e só se salvou porque o Deus dos oceanos assim quis para depois vir anunciar o naufrágio. Se foi o escolhido, só podia por ser pessoa extraordinária. Deus escolhe sempre pessoas extraordinárias para se anunciar e salvar o mundo do pecado, *qui tollis peccata mundi!* Tia Benedita sorriu com a sua explicação e pediu-me para irmos embora. O homem santo era tudo menos um santo. Nem era o marinheiro de quem ninguém soube mais do seu paradeiro depois de ter dado a notícia do naufrágio do navio *Arbiru*. Que o meu noivo estava louco por andar atrás de loucos. Tudo por causa do livro de Miguel de Cervantes. O Sancho Pança encontrou o seu Don Quijote

Não, Tia Benedita!

Fiz-lhe ver que fui a única culpada por não ter conseguido que o meu noivo ficasse comigo. Não devia tê-lo deixado ir sozinho a falar com Dom Raimundo sem antes lhe ter dado informações mais precisas sobre quem era meu pai. Também na altura não me quis ouvir. Sabia da lenda do comendador e como andava à procura de pessoas extraordinárias colocou a hipótese que Dom Raimundo fosse uma delas. Voltou desiludido e foi logo à procura de outra. Prometi-lhe que havia de esperar por ele, nem que demorasse a vida inteira. Custou-me tanto encontrar uma pessoa como ele. Alguém que sabia que em latim abóbora se dizia *cucurbita*. Tia Benedita sorriu lembrando-se da palavra. Parecia gostar do rapaz por saber dizer abóbora em latim. Tencionava completar a minha leitura do livro de Miguel de Cervantes. Talvez no fim do enredo Don Quijote de la Mancha recupere da sua loucura e há de trazer de volta o meu Sancho Pança

Teu pai pede que regresses!

Tia Benedita interrompeu-me a leitura do livro de Miguel de Cervantes que fui lendo com muitas pausas e interrupções dada a dificuldade em compreender muitas passagens do texto escrito em língua castelhana. Deduzi que algo de grave estivesse a passar na granja República de Manu-mutin. De outro modo não me teria feito o pedido. Depois da revolução em Portugal e, com a possibilidade de Timor também escolher o seu próprio destino, muitas pessoas vieram para a rua reivindicar que eram donas de terras, de lugares e das propriedades. Algumas delas, como era o caso de Manu-mutin, estavam abandonadas. O meu noivo, que entretanto abandonara a seita oceânica de Manleuana, juntou-se ao grupo do Xavier do Amaral. Encontrou uma outra pessoa que julgava extraordinária e por ter um projeto político para Timor. Xavier do Amaral, na ânsia de se mostrar ao povo, disse que era no alto do monte Ramelau que estava escondido um banco com dinheiro para resolver todos os problemas do país

No fundo do mar, camarada!

Sancho Pança sussurrou-lhe aos ouvidos para que corrigisse o erro. Sabia dessa informação que lhe fora prestada pelo Mestre que foi até ao fundo do mar quando o navio *Arbiru* naufragou. Xavier do Amaral nada ouvia por causa da canção *Foho Ramelau*. Uma canção arrebatadora que o fez entrar em êxtase e tivesse pedido ao povo para que fizesse fé que era mesmo na montanha sagrada do Ramelau que os antepassados haviam depositado a fortuna do país. Se ao menos tivesse escutado Sancho Pança e dissesse fundo do mar teria acertado em cheio. Naquela altura, se corrigisse, corria o perigo de perder toda a sua credibilidade de homem culto, sério e fiel às suas origens. Ninguém iria acreditar que era no fundo do mar que os antepassados foram depositar a fortuna do país. O mais provável seria que se afogassem todos por não saberem nadar. Xavier do Amaral não sabia nadar. Foi criado nas montanhas. Aprendeu a olhar para elas como o lugar sagrado onde repousavam os antepassados. Era expectável que se virasse para o Ramelau, a montanha mais alta de Timor, num momento em que o país se preparava para fazer as suas decisões. E foi a cantar *Foho Ramelau* que Sancho Pança veio com o grupo de estudantes revolucionários apoiar a luta dos trabalhadores da granja que se insurgiram contra o comendador Dom Raimundo, acusado de ser um fascista latifundiário que os havia explorado durante tantos anos. Tencionavam ocupar-lhe a fazenda e reconvertê-la numa cooperativa agrícola substituindo o nome de República de Manu-mutin por República de Manu-mean

Teu pai pede que regresses!

Insistia Tia Benedita no seu pedido. Mostrei-me desinteressada depois de ter pregado uma desfeita ao meu noivo e o humilhou ao ponto de se ter molhado todo de medo e de pavor. Devia lembrar-me de que apesar de tudo era meu pai. Não sabia da real gravidade da situação. Se a fazenda estava a ser sitiada pelos trabalhadores rurais e pelos estudantes revolucionários, corria sérios riscos se decidisse ir até à granja República de Manu-mutin. Tia Benedita confidenciou-me que tinha uma estratégia. Devia fazer a viagem pela calada da noite para que ninguém fosse suspeitar da minha presença. Levava numa mala o meu vestido de noiva que vestiria pela madrugada num local próximo e quando o Sol aparecesse, havia de entrar de rompante de forma a surpreender os sitiantes. Ninguém se atreveria a tocar-me se porventura aparecesse vestida de noiva

A noiva mutin de Manu-mutin!

Disseram em coro quando deram pela minha presença como se fosse um fantasma que tivesse vindo da neblina e surpreendeu tudo e todos. Inclusive o meu noivo e os estudantes revolucionários que foram até Manu-mutin dar o apoio solidário aos trabalhadores da granja, que estavam enquadrados pelo feitor Borromeu e que ficou embaraçado quando me viu. Não foi nenhuma surpresa para mim. Era o que eu esperava que fizesse. Havia de colocar-se sempre do lado que estivesse por cima nos acontecimentos. Movia-lhe o instinto de sobrevivência. Foi o que fez na invasão dos japoneses. Fê-lo depois com os portugueses. Voltaria a fazer uma e outra vez se estivesse em causa a sua vida

Anda, Borromeu!

Convidei-o a acompanhar-me. Ele ainda hesitou se devia atender ou não o meu pedido. Decidida, passei no meio da multidão, que se remeteu a um profundo silêncio quando me viu assim vestida. Borromeu seguiu-me, abrindo a cancela do portão para me deixar entrar. Acompanhou-me até junto à varanda e fez questão de ficar parado, recusando avançar mais um passo. Virei-me para me certificar da causa da sua recusa. Vi no seu rosto um semblante carregado como se quisesse impedir-me de entrar na casa por ter conhecimento de algo que tivesse ocorrido lá dentro. Abri de rompante a porta e fui surpreendida por uma cena macabra e horrorosa que me fez ficar arrepiada. Vi uma enorme mancha de sangue e dois corpos estendidos no chão, sendo um do meu pai e o outro do ganso branco com as respectivas cabeças completamente degoladas

Foste tu, Borromeu?

Ele nada disse. Continuou em pé do lado de fora e em silêncio absoluto. Nunca esperou que uma menina tivesse a ousadia e coragem de vir de tão longe em resposta ao apelo que lhe fizera o pai. Culpabilizei-me de não ter vindo mais cedo. Fez o seu apelo em várias ocasiões. Como estava zangada com ele por causa do episódio com o meu noivo não lhe atendi o pedido. Cheguei tarde. Tarde demais. Chorei. Sentei-me no chão e abracei a cabeça do meu pai envolvendo-a com os meus longos braços e gritei alto para que ouvissem a minha dor e revolta. Pousei novamente a sua cabeça junto ao corpo e segurei na do ganso branco. Dirigi-me para a multidão que não arredou pé do lado de fora da cerca como se participasse numa peça trágica ao mesmo tempo cruel. Apareci na varanda com o meu vestido branco totalmente encharcado de sangue. Vi o meu noivo no meio da multidão que continuava em silêncio perante um cenário de uma beleza aterradora. Dirigi-me ao local onde ele empunhava um cartaz que dizia *"morte ao ganso branco!"* que do seu ponto vista seria a figura do colonialismo português

Toma!

Lancei aos seus pés a cabeça do ganso branco e virei-lhe as costas. Foi a última vez que vi o rosto do meu noivo. Foram uma explosão de alegria os momentos que se seguiram por julgarem que fosse eu a pessoa que tivesse decepado a cabeça ao símbolo do colonialismo português. Fui elevada ao patamar de heroína por me terem visto com as minhas vestes brancas encharcadas de sangue. Pegaram na cabeça do pássaro branco e foram-se embora como se tivessem alcançado o objetivo da reivindicação. Passei pelo feitor Borromeu, que continuou em pé e em silêncio no mesmo sítio e convidei-o a entrar para me ajudar

Foste tu, Borromeu?

Que continuou impávido e sereno. Como persistia em manter o seu silêncio, pedi-lhe que me ajudasse a recompor o cadáver do meu pai. Estabeleceu-se um momento de tensão entre nós quando lhe demos banho. Borromeu tocou-lhe nas partes baixas para se certificar se ainda os tinha inteiros e no sítio. Havia uma lenda que se tecia a respeito de Dom Raimundo que tivesse imposto a si próprio remoção dos testículos para se manter puro e casto. Reprovei o seu ato de forma violenta para que não fizesse profanação do cadáver apenas para satisfazer a sua mórbida curiosidade. Como se não bastasse o facto de o terem morto

Foste tu, Borromeu?

Ou então o meu noivo por ter sido humilhado quando aqui esteve para lhe pedir a minha mão. Pelas cinco da tarde conseguimos o feito de juntar a cabeça ao corpo. Borromeu mostrou toda a agilidade das suas mãos. Sabia costurar com leveza. Cobrimo-lo com um *tais* e embrulhámo-lo com uma esteira. Fiz questão que devia vestir apenas um *tais*. Quis enterrá-lo como meu pai e não como comendador. Detestava a forma como se vestia. Parecia um ganso branco. Fizemos o mesmo com o corpo do *Sun Tzu*, que também foi embrulhado por outro *tais*. Fomos enterrá-los debaixo desta centenária árvore que ensombra esta varanda. São sombrias estas árvores, não achas? Albergam muitos dos meus pesadelos. Quando me sento nesta varanda ouço o grasnar de um ganso com a mesma toada de voz, o mesmo timbre e a mesma fúria. Como Borromeu nada dizia sobre quem cometera tão hediondo crime, dei-lhe total liberdade de fazer a sua escolha. Se quisesse podia arrumar as suas pertenças e fosse embora

Ainda estás aí, Borromeu?

Fiz-lhe a pergunta semana depois dos acontecimentos sangrentos. Continuou em pé junto da escada e com o mesmo silêncio. Durante esse tempo fiz questão de o ignorar para o pôr à prova. Também me pus à prova, sentada na varanda com o meu longo vestido branco encharcado de sangue na esperança de que o meu noivo voltasse para mim. Se realmente quisesse encontrar uma pessoa que fosse extraordinária havia de vir à minha procura. Tive a minha dose de loucura por ter desafiado uma multidão. Eu era uma pessoa só entre a multidão. Tive o arrojo e valentia de Don Quijote. Decidi que nunca mais despiria a minha roupa branca encharcada de sangue. Havia de me proteger contra uma nova investida dos trabalhadores da granja e dos estudantes revolucionários

Sou eu, Borromeu!

Quebrou o seu silêncio para me informar que os trabalhadores também se foram embora para as suas antigas aldeias e que só estava ele. Decidiu permanecer para me ajudar. A decisão de ficar ao meu lado num momento em que todos se foram embora, depois de terem acusado meu pai, o comendador Dom Raimundo, de os ter explorado durante anos a fio, fez-me pensar que tivesse sido outra pessoa a cometer o crime. Mas quem teria sido? Um ato que o meu noivo nunca teria coragem para o fazer. Suicídio? Não queria chegar a essa precipitada conclusão. Como o fizeram não seria capaz de imaginar. Mas pensar na remota hipótese de que o tivessem feito livrava-me do pesadelo de ter de arranjar o assassino. Ainda que viesse a descobrir quem tivesse sido não havia de o levar a tribunal, dada a situação convulsiva em que se vivia no território. Sujeitava-me a ir parar a um tribunal popular e condenada por ser filha de latifundiário. Em momento algum coloquei a absurda hipótese de vingança dos antepassados como a notícia que fora espalhada entre os trabalhadores rurais

Entraram!

Disse Borromeu dando-me a notícia passado algum tempo. Que os militares indonésios entraram em Díli e estava muita gente em fuga. Como foi neste sítio que se deu o episódio sangrento ninguém havia de querer procurar abrigo neste lugar e por nele residir a fantasma ou a noiva mutin de Manu-mutin. Fiz questão de continuar a minha habitual rotina indo tratar da fazenda e dos animais. Cuidei do meu jardim de rosas como se nada estivesse a acontecer. Borromeu foi dando conta do recado e, servindo-se dos seus diversos conhecimentos anteriores, montou a sua própria rede de informação. Sem me dar conhecimento, por razões óbvias, albergou estudantes revolucionários que estavam em fuga dos indonésios e alguns dos quais vieram aqui apoiar a luta dos trabalhadores.

Houve uma fuga em massa nos primeiros anos da invasão. Com o avançar dos tempos as condições pioraram para os que se haviam refugiado nas montanhas. Apercebi-me das disputas internas entre os camaradas de luta pelo controlo ideológico do partido revolucionário. Acusavam-se mutuamente de terem traído a linha verdadeira. Andavam fugidos uns dos outros ao mesmo tempo que o faziam dos indonésios. Xavier do Amaral foi deposto e detido antes de ter sido capturado pelos indonésios. Teria sido fuzilado pelos elementos do partido que fundara, acusado de alta traição. Os indonésios não o mataram. Regressou ao país depois da libertação e foi reabilitado. Está enterrado no Jardim dos Heróis reservado aos combatentes da Pátria. Como herói certamente que já reservaste o teu lugar no Jardim dos Heróis. Seremos iguais na morte. Ninguém nos acorda. Repousa tu no Jardim dos Heróis e eu esquecida no de rosas

Voltaram!

Anunciou-me que alguns dos trabalhadores que tinham abandonado a granja, depois de terem feito acusações graves ao meu pai de os ter explorado durante anos a fio, decidiram regressar e buscavam ajuda, uma vez que as campanhas dos militares indonésios os foram dizimando pela fome, pelas doenças e toda uma série de horrores. Fiz-lhe saber que eu era a louca e como tal devia continuar como forma de proteger a granja e a minha vida. O feitor Borromeu que fizesse o que achasse ser correto. Dei-lhe total liberdade para agir com os militares indonésios, pois sabia falar muito bem a língua dos invasores e com os revolucionários por ser parente próximo de alguns dos líderes. Voltou a tomar conta da granja. Sabia como lidar com as partes em conflito. Fê-lo durante a ocupação japonesa e depois no regresso da soberania portuguesa quando foi julgado por traição. Embora não estivesse esclarecido o seu papel na morte do meu pai e na do ganso branco, podia ter sido morto se em vez de se colocar do lado de fora se posicionasse do lado de dentro junto do comendador

Quem és tu?

Gostaria de saber de onde apareceste como se tivesses vindo da bruma. Talvez soubesses do paradeiro do meu noivo. Porventura sabes tu do que lhe tivesse acontecido? Fiz idêntica pergunta ao feitor Américo Borromeu por nada saber a seu respeito, se ainda estaria vivo, morto ou capturado, como nas notícias que me foi dando sobre o desaparecimento e morte de muitas pessoas. Se Xavier do Amaral foi capturado, talvez tivesse tido o mesmo destino ou juntou-se a uma outra pessoa extraordinária que tivesse ocupado o lugar deixado vago. Muitas foram as personalidades extraordinárias que desapareceram, umas atrás de outras, que perdi todas as esperanças de que o meu noivo tivesse sobrevivido

Onde estavas?

Se sobreviveste durante esses anos todos, só podia ter sido na sombra de uma personalidade extraordinária. Suponho que tivesse sido na sombra do último dos extraordinários. Não sei quem sejas. Não sei donde vens. Não sei quem eras antes de entrares na minha casa para me dizeres que gostarias de plantar abóboras. Queres mesmo semear abóboras ou foi algo que te ocorreu dizer para justificares a tua vinda? Não passa pela minha cabeça pensar que tivesses ido roubar a ideia ao irmão extraordinário que a expressou em público para mostrar ao mundo o seu desapego ao poder e aos benefícios pessoais que poderia usufruir por ter de andar na política, da qual prometia ir-se embora. Nunca mais se lembrou das abóboras. Virou-se para o mar e para o *au-kadoras*

Onde estavas?

Talvez fosse a pergunta que gostarias de me colocar. E por que razão ainda me encontrava viva quando muitos haviam desaparecido. Sempre vivi neste lugar, como deves saber. Em momento algum o abandonei, exceto o tempo em que estive em Díli para arranjar noivo. Não sei nada do meu noivo. A última vez que o vi foi aqui em Manu-mutin. Estive sempre protegida pela minha loucura e pelas minhas vestes brancas até ao dia em que Borromeu me disse que tinha algo para me comunicar. Que havia uma pessoa extraordinária que precisava que o fosse albergar em minha casa durante algum tempo. Devia protegê-lo debaixo da minha loucura e das minhas vestes brancas. Suspeitei que na sombra dessa pessoa estivesse o meu insuspeito noivo. Que a sugestão tivesse partido da sua brilhante cabeça. Aceitei na condição de continuar a ser uma pessoa livre e louca e não ficasse refém dele pelo facto de ser meu hóspede

São seus?

Quis saber se os quadros que estavam pendurados na parede eram da minha autoria. Eram todos sobre abóboras. Pintei-os em Díli enquanto aguardava pelo noivo. Ele riu-se pelo facto de ter uma obsessão pelas abóboras. Ele pintaria sobre outros temas como uma paisagem ao entardecer, a fúria do mar, uma criança a chorar, uma árvore morta, uma casa sagrada, um animal a saltar em plena selva ou uma mulher com uma criança nas costas e na cabeça lenha. Folheou o livro de Miguel de Cervantes e mostrou-se muito interessado em saber quem foi que mo deu e se porventura entendia a língua espanhola. Disse-lhe que foi o meu noivo que andou no seminário, mas que não sabia nada dele. Ele sorriu com o que eu disse e virou-me as costas, rindo-se nas minhas costas, como se soubesse da minha loucura e da razão de andar sempre vestida de branco

Fico com ele!

Tencionava lê-lo enquanto estivesse hospedado em minha casa. Iria fazer todos os possíveis para devolvê-lo ao dono. Fiquei na dúvida se se referia ao meu noivo ou ao padre espanhol que conheceu por também ter estudado no seminário. Pouco a pouco foi tomando conta da casa e de todos os meus haveres. Passei a ser fantasma da sua temporária residência onde tinha o feitor Borromeu como seu fiel servidor. Explicou-me que a sua estada seria breve. Precisava de fazer uma introspeção sobre o seu papel na luta. Precisava de fazer uma reflexão sobre tudo o que aconteceu em Timor, de forma a encontrar uma saída política que não passasse apenas pela luta armada e pelo fervor ideológico

E este?

Disse-lhe que o livro pertencia ao meu pai, que nunca o leu por estar escrito em chinês. Da autoria de Sun Tzu, um sábio imperial que havia teorizado sobre a guerra. Muitos generais o leram e tiveram sucesso nas guerras que fizeram por terem posto em prática os seus ensinamentos. Ele sorriu com o que eu disse. Informou-me que já havia lido o livro do mais brilhante estratega militar chinês e, por isso, não necessitava de ler outro, fosse de quem fosse e tivesse a cor de pele que tivesse, para arranjar uma estratégia que fosse adequada às condições impostas pelo invasor indonésio. Fez-me acreditar nas suas palavras. Tinha o dom de convencer pessoas. Seria capaz de convencer as pedras. Se sobreviveu durante esses anos todos foi por ser uma pessoa forte, inteligente e astuta que aprendeu tudo rapidamente com a sua própria experiência

Pinta?

Se era o que fazia enquanto esperava pelo meu noivo. Mostrou um sorriso irónico. Não gostei do seu sorriso. Mostrei-lhe um rosto sério. Ele não gostou. Para não entrarmos em disputa pelo mesmo espaço e do tempo de cada um e, para acabar com a distância provocada pela minha alva vestimenta conspurcada com o vermelho do sangue do meu pai, propôs como pacto de parceiros da casa que fizéssemos os nossos autorretratos. Decidi pintar sobre o mesmo ganso branco. Pintei por cima das abóboras. Ele sorriu com a minha decisão de inutilizar as minhas lúdicas pinturas. Repeti o mesmo ganso branco em sucessivos quadros na esperança de que o seguinte melhorasse o anterior

Pinto!

(e pinto-me por dentro)

Fiz tudo com grande voracidade para lhe mostrar do que seria capaz. Pintei durante dias seguidos sem pausa nem horas de sono. Sobretudo durante a noite com uma lamparina de petróleo para afugentar os meus noturnos fantasmas. Ele era o fantasma que havia invadido o meu espaço. Um homem que tinha uma aura própria. Sabia dessa força e soube utilizá-la em várias circunstâncias. Mulher alguma havia recusado a sua solicitação ou um homem o seu pedido. Foi o que fez o meu noivo quando lhe foi solicitado que a noiva devia albergá-lo em sua casa como hóspede. Pintou o seu *O Salvador*. Uma única pintura. Deduzi que tivesse retirado a ideia do separador do livro que era uma estampa com o *El Salvador* de El Greco. Pediu um espelho. Mostrei-lhe o do quarto do meu pai. Um grande espelho. Passou horas a ver-se ao espelho antes de decidir pegar no pincel. Como se buscasse o lado perfeito do seu rosto, quiçá a resposta para a sua pergunta sobre o futuro que a Pátria lhe reservava. Meu pai passava horas defronte do espelho após se ter autoproclamado comendador da República de Manu-mutin. Diferentes em tudo e, contudo, iguais nos seus propósitos. O meu pai quis ser rico e, atingido o objetivo, quis a ascensão social. Ele fez o caminho inverso. Virou-se para o mar e para o *au-kadoras* depois de ter chegado ao topo

Queres realmente saber quem sou eu?

Perguntou várias vezes enquanto se olhava no espelho. No fim encontrou o seu "Salvador" moreno e de barba grisalha à sua imagem e semelhança. Propôs-me um novo desafio. Que cada um pintasse o outro. Posou para mim durante um dia inteiro. Tentei um galo vermelho. No fim saiu-me um pavão. Disse-lhe que só pintava pássaros. Ele não se demorou a ver o retrato que fiz da sua pessoa. Torceu o nariz. Era a sua vez de fazer o meu. Pediu-me que despisse o vestido de noiva e posasse nua para o retrato. Dei conta que caí na sua armadilha. Devia ter-me lembrado que estava a lidar com um homem inteligente, lúcido, ambicioso e também maléfico. De outra forma não teria sobrevivido durante esses anos em que foi submetido a duras provas. Livrou-se de todos quantos se lhe opuseram. Hesitei se devia aceitar a sua proposta, sabendo das consequências que haveria de ter na minha vida futura. Era como se metesse a mão na lareira e depois o corpo todo. Podia sair completamente queimada. Esturricada. Prometi a mim própria que nunca despiria o meu vestido branco enquanto esperasse pelo meu noivo. Lembrei-me do meu noivo. Perante a minha hesitação, fez-me saber que cada parte devia cumprir a sua parte do acordo estabelecido
Sou a louca!
Fiz-lhe o aviso para clarificar a minha posição. Durante um dia inteiro posei para ele em completa nudez. Mirou e remirou o meu corpo de todos os quadrantes. Quando finalizou disse-me que era uma pomba branca. Mostrou-me depois o que havia feito. Era de facto uma pomba branca, mas despida de penas. Uma pomba depenada da sua brancura. Senti-me completamente despida no corpo e na alma e bastante fragilizada. Retirou-me toda a minha armadura. Doravante podia fazer de mim o que bem entendesse. Estava à sua mercê. Aproximou-se com a intenção de me cobrir com um *tais*. Não o fez. Estendeu-o no chão e pediu-me que me

deitasse nele. Aceitei sem reservas todos os seus avanços, na medida que me retirou as minhas defesas e me deixou completamente despida

A Pátria me absolverá!

Foram as suas últimas palavras na noite em que se foi embora. Quem me absolverá depois de ter sido depenada no corpo e na alma, dado que a Pátria nunca é igual para toda a gente? Separa os filhos uns dos outros. E, entre os filhos, estava o primogénito que se havia apropriado de tudo. Borromeu fez-me o aviso que devia ter cuidado para não me aproximar do lume que me podia queimar. Quando dei por mim já me tinha exposto ao fogo e às brasas. O feitor pediu-me que fizesse desaparecer tudo o que pudesse revelar a passagem dele pela minha casa. No dia seguinte após a sua partida fiz o que me fora recomendado. Por cima do seu autorretrato, exceto o quadro da pomba que preservei como recordação da sua passagem, executei outro que retratava o ganso branco

Porquê tantos gansos brancos?

Perguntou o major dos serviços de inteligência no dia em que os indonésios entraram em minha casa à sua procura. Tomaram conhecimento de que lhe dei hospedagem nos dias anteriores. A forma rápida como souberam desse facto levou-me a pensar sobre quem lhes teria passado a informação. Não neguei que o tivesse acolhido uma vez que se encontrava doente e precisava de ajuda e de alguns cuidados. Foi-se embora assim que se recompôs da maleita. Revistaram tudo e nada encontraram de suspeito que tivesse alguma relação com a sua pessoa, exceto o livro de Sun Tzu. Foi uma falha enorme da minha parte. Não me lembrei que pudesse constituir perigo. Disse-lhes que era do meu pai, que nunca o leu por estar escrito em chinês. Foi uma oferta de um amigo que também lhe ofereceu um ganso branco que retratei nos meus quadros

Porquê tantos gansos brancos?

Insistiu o major enquanto folheava o livro. Parecia mais interessado em decifrar o que lá estava escrito do que na resposta à pergunta que fizera. Mas foi por estar escrito em carateres chineses que lhe chamou a atenção. Não quis saber de mais nada. Encontrou uma prova evidente da minha cumplicidade. Levou-o com ele e só voltou no dia seguinte com novas informações. Descobriu que o livro era um manual de guerra. Acusou-me de ser o principal contacto entre os revolucionários timorenses e os comunistas chineses. Dispunham da prova material de que a República Popular da China apoiava a guerrilha timorense. Fiquei a rir com o caricato da situação. Repliquei que o livro não era um manual de propaganda comunista. Foi escrito no tempo dos imperadores. Fui submetida a torturas e a sevícias para que lhes revelasse quem seriam os meus contactos no exterior. Quiseram saber o que fazia enquanto aqui esteve hospedado

Pintava!

Mostrei-lhes a pintura que fez enquanto aqui esteve hospedado. Disse-lhes que lhe havia dado o título de pomba depenada. Depois, o meu quadro que era um pavão. Que só pintava aves robustas. O major sorriu e perguntou-me se foi o pavão quem deixou a pomba depenada. Respondi que eram os lagartos *komodo* que estavam a depenar Timor, pena a pena. Riram com o que ouviram. Quando acabaram de rir, caíram todos em simultâneo sobre mim até me deixarem de rastos e estendida no chão. Cada um serviu-se do meu corpo como podia. Disputaram entre eles quem havia de ficar com o quadro da pomba depenada. Auguravam que no futuro lhes pudesse valer boa fortuna. Na ausência do artista levaram a sua obra-prima. Destruíram o pavão do meu quadro. Ficou reduzido a cinzas. O feitor Borromeu, que ficou incólume durante este período em que fui submetida a torturas e a piores sevícias, tratou de cuidar de mim nos dias que se seguiram. Nunca pus em causa a sua fidelidade. Mas sabia quem era e dos seus procedimentos quando estivesse em causa a sua sobrevivência. Deixou de me olhar de frente. Baixava os olhos para não enfrentar os meus

Foste tu, Borromeu?

Por achar que o tivesse feito para se vingar da humilhação imposta pelo meu pai quando o fez seu servidor. Nunca mais me dirigiu palavra. Entrou em silêncio absoluto, como fazem os monges quando se retiram em meditação. Quebrou-o muito tempo depois para me informar que ele se havia entregado aos indonésios. Não disse que fora apanhado numa rusga, em combate ou numa armadilha. Segundo o feitor Américo Borromeu era o que os militares esperavam que ele fizesse mais cedo ou mais tarde por saberem que seria essa a sua intenção. Morto em combate deixaria de ter importância, mártires havia de sobra no país em que a morte era o pão nosso de cada dia e, encarcerado na prisão, poderia ter outra relevância. Mas para mim a notícia foi um tremendo choque. Alberguei-o para que não fosse preso pelos indonésios. Corri o risco de perder a minha própria vida e, por sua causa, fui torturada e submetida a piores sevícias. Assim também aconteceu com tanta gente que arriscou a vida para o proteger

A Pátria me absolverá!

Disse na noite em que se foi embora. Absolveu-o de todos os seus pecados, menos devolver-me as penas, que mas retirou quando o hospedei em minha casa por sugestão do meu noivo, que ficou lá fora a fazer-lhe a guarda fizesse chuva ou sol. Quem és tu? Não sei quem sejas. Não sei donde vens. Não sei quem eras antes de entrares na minha casa para me dizeres que gostarias de plantar abóboras. Ainda queres semear abóboras ou foi algo que te ocorreu dizer para justificares a tua vinda? Lamento informar-te que nenhuma pessoa enriqueceu a semear abóboras. Terias um grande futuro se tivesses ficado em Díli por causa das tuas ágeis, finas e delicadas mãos. Como

veterano de guerra havias de ganhar uma fortuna nos contratos. O meu noivo também tinha umas mãos como as tuas. Roubaste-lhe as mãos antes de vires ter comigo
Vais-te embora?
Desconheço a razão pela qual retiraste as tuas mãos das minhas, desta forma brusca. Só se fosse por ter revelado aquilo que nunca esperarias ouvir da minha boca. Que ele se entregou aos indonésios para salvar a sua pele e vos deixou numa situação penosa em que tivessem de agir por vossa própria conta, órfãos de um pai a quem protegiam e que vos dava proteção. Se ele nada vos disse foi para não provocar esse sentimento de orfandade como quando Jesus Cristo se entregou aos soldados e deixou os discípulos desprotegidos
E depois, o José!
Foi quem teve de segurar nas rédeas. José também foi preso. Nunca revelou se também se entregou como fez o chefe. Se calhar não foi nada premeditado o que aconteceu ao irmão extraordinário. Podia ter sido morto ou levado para uma ilha deserta, como fizeram com outros que foram capturados e submetidos a severos castigos. Alguns morreram no cativeiro e outros desaparecidos. A não ser que tivesse engendrado tudo. Para que ninguém viesse a suspeitar que tivesse sido rendição, fez-lhes chegar através de um mensageiro o lugar onde estaria hospedado. Foi encontrado. Não houve tiros nem confrontos
Foste tu, Borromeu?
Que sabia de tudo em primeira mão. Fiz-lhe a pergunta quando me pus a pensar sobre o delicado assunto. Não sabias de tudo em primeira mão como Borromeu, que sabia de tudo e de todos. Movia-se como uma sombra entre um lado e outro. O facto de não saberes tudo fez que tivesses permanecido fiel aos princípios fundamentais que orientaram a luta pela independência quando te juntaste ao grupo do Xavier do Amaral. Agora que tens as mãos livres, o que vais fazer com elas? Tens

mãos ágeis, finas e delicadas. Mãos do meu noivo que regressa passados anos. Fiquei sempre nesta casa à tua espera
Ainda queres ser o meu noivo?
Aconteceu tanta coisa nas nossas vidas durante mais de duas décadas que já não sabemos se ainda continuam intactos os nossos sonhos de que um dia havemos de subir ao altar de mãos dadas e eu vestida de branco. Não faças essa careta. Não me mostres essa máscara de desagrado no teu rosto. Não me rejeites como se fosse a pecadora. Se achares por bem podes ir--te embora como fizeste depois de teres falado ao meu pai. Não me culpes de ter deitado fora o meu vestido branco de noiva. Deitei fora aquilo que havia reservado para ti, a minha pureza. Dei-a a outro. Aliás foste tu que o trouxeste para que encontrasse abrigo nesta casa e ficaste lá fora de vigília para que nada de mal lhe fosse acontecer e, se fosse preciso, darias a vida por ele. Não me culpes de nada, Sancho Pança. Depois dele vieram os *bapak*. Nem queiras saber o que nesta casa fizeram esses *bapak* que andavam à sua procura. Nem queiras saber. Estava à mercê de qualquer um depois do irmão extraordinário me ter despido do meu vestido branco de noiva que me protegia. Era a única coisa que me podia proteger como no cerco desta granja feito pelos trabalhadores e estudantes revolucionários
Lembras-te?
Claro que sim. Vocês protegem-se uns aos outros. Nós ficámos por nossa própria conta. Ainda por cima tivemos de vos proteger de tudo e de todos. De quem vos perseguia e também de uns e de outros para que não se matassem uns aos outros, como fizeram durante a época em que andavam às avessas por questões ideológicas. Ainda hoje permanece a dúvida se a linha verdadeira para libertação de que reivindicavam uns e outros seria também a mesma para se liquidarem mutuamente em nome da pureza ideológica. Diga-se em abono de verdade que durante esse tempo cometeram barbaridades nos campos de reeducação,

mas foi a crença no projeto político de lutar por uma sociedade mais justa e solidária que vos deu coragem para enfrentar as adversidades após terem proclamado unilateralmente a independência e após a qual, para a defenderem, tiveram de se refugiar nas montanhas sagradas como a do Mundo Perdido

Andas perdido?

Pergunto se andas perdido por não teres encontrado ainda a sociedade igualitária pela qual muitos doaram as suas vidas. Não creio que foi a desilusão que te trouxe a Manu-mutin. Já cá não estão o comendador e o seu ganso branco. Os mortos não apavoram ninguém. Não passam de fantasmas. Depois de teres passado por tanta coisa já nada te apavora. Tem cuidado com os vivos. Borromeu também se foi embora. Não resistiu ao canto do cisne. Regressará quando o *au-kadoras* secar. Só não sei quando. Pergunto por que razão tardaste tanto em me procurar, Sancho Pança? Por onde andaste a escrutinar? Palavra difícil que foste buscar ao dicionário para me impressionar por teres feito uma falsa ideia de que era filha de *malae-mutin*. Pensaste que era brincadeira quando te revelei que era filha de *malae-metan*. Ficaste a rir. Não era brincadeira nenhuma. Foi a coisa mais séria que me aconteceu. Dom Raimundo, apesar da sua loucura, dos seus terríveis excessos e das severas restrições, foi um extraordinário pai para mim. Tinha um objetivo claro na vida e conseguiu realizá-lo. Fez-se rico trabalhando duramente. Nunca em algum momento vacilou. Cumpriu o seu sonho. Foi uma pena o que aconteceu no vosso encontro. Foste-te embora sem me teres dito nada. Fiquei a noiva à espera do noivo que nunca mais quis aparecer por ter acreditado na lenda de que eu era a fantasma ou a noiva mutin de Manu-mutin

Ainda queres ser o meu noivo?

Desta vez para me baralhar o juízo disseste plantar abóboras. Equivocaste-te. Não se plantam, semeiam-se abóboras. Não importa o verbo. O que importa mesmo é que nasçam abóboras, enterradas as sementes. Acalentavas o sonho de estudar agronomia em Lisboa, que ficou interrompido pela guerra. Ainda bem que não foste a Lisboa. No inverno faz muito frio. Não conheces lá ninguém. Se não tens dinheiro para pagar alojamento mandam-te para a rua. Ajeitas-te num banco de jardim. O frio queima a pele e arrefece a alma. Queres dormir e não consegues. Queres regressar a Timor e não podes. Tens olheiras e dizes que foi por teres passado noites agarrado às sebentas. Volumosas sebentas que te serviam como almofada. Ninguém ouve da tua boca lamento ou queixa

Um gajo porreiro, pá!

Ficas orgulhoso e com o ego cheio por ouvir palavras reconfortantes, mas continuas de barriga vazia. Se era para plantar abóboras não precisavas de ir a Lisboa estudar agronomia, Sancho Pança! Aqui nasce tudo com fartura. Se enterrares pedras nascerão pedras. Se enterrares sementes nascerão plantas. Foi o que fiz para alimentar uma população inteira de rurais que para aqui fora transferida para trabalhar na plantação de café. Foram-se todos embora, cada um com a sua lata vazia. Tenho as mãos livres e limpas para fazer o que me apetecer. Vou plantar rosas. Apetece-me o cheiro de rosas logo pela manhã. Quando tenho fome como rosas. Tomo um banho de rosas quando me sentir suja. Quando chegar a minha hora cavo um buraco no meio das roseiras e enterro-me lá dentro. Se te consola, seremos iguais na morte. Ninguém nos acorda, Sancho Pança! Repousa tu no Jardim dos Heróis e eu no de rosas

E agora, nós?

Que somos tudo menos aquilo que esperamos que cada um seja depois de termos passado por tanta coisa que nos modificou por inteiro. Eu por aqui a falar sem saber se ainda tens voz, depois de teres dito ao que vinhas. Tenho a sensação de que ouço coisas que nunca foram ditas. Ouço para além do que me é permitido ouvir. Se calhar perdeste-a de tanto ter permanecido em silêncio por causa da novidade que te dei sobre a nossa mãe, também por saberes que somos irmãos. Somos todos irmãos, não somos? Este é o país de irmãos. Mesmo que espetemos facas nas costas de uns e de outros por causa da galinha dos ovos de ouro. Ouro negro vindo do fundo do mar. Uma dádiva da natureza. Não precisamos de trabalhar muito em como havemos de ganhar dinheiro

Há muito mais de onde veio!

(disse o irmão extraordinário)

Do fundo do mar!, disseste ao Xavier do Amaral para o corrigir por ter dito que era no monte Ramelau que estava escondido um banco com dinheiro para resolver todos os problemas do país. Haverá sempre dinheiro para gastar. Dinheiro vindo do fundo do mar. E o mar de Timor infestado de crocodilos. Não havia quem ousasse ir até ao fundo do mar para trazer o dinheiro. Foi esta a razão que levou o irmão extraordinário a apostar no *au-kadoras* para trazer o dinheiro para a terra que distribuirá a quem lhe for beijar a mão. Uma vez que deixaste tudo para trás, a glória de teres sido um herói, o dinheiro dos contratos por seres veterano, todo o teu gesto seria em vão e inútil se não tivesse consequências práticas para o país que continua neste impasse à espera do *au-kadoras*

Por quem esperas!

Não vás embora Sancho Pança, enquanto abro esse baú que foi virado e revirado e como acharam que fosse uma relíquia ou ferro-velho não levaram com eles. É um gramofone que foi oferecido ao meu pai pelo seu amigo Sir Sebastian, que foi um espião ao serviço do império britânico. Tenho aí um disco, aliás o único e que a Tia Benedita ouvia sem parar. Ela gostava da canção interpretada pela Doris Day. Dança comigo, Sancho Pança! Dança comigo como a Tia Benedita fazia para me embalar. Morreu algures de exaustão quando foi levada para as montanhas como refém por ser de outra filiação partidária que não a tua. Deu-me a notícia o feitor Borromeu, que sabe de tudo. Sabe que algures espera por ele um troço de estrada que ganhará num concurso público. Depositará o dinheiro numa conta que para o efeito fora aberta num banco estrangeiro. Instalam-no numa estância em Bali para que recupere dos anos em que muito penou. Mãos indonésias afagam-lhe o corpo e apagam-lhe da memória outras mãos indonésias. Não foi através de carícias no rosto ou afago nas costas que os *bapak* lhe foram extraindo informações. Assim acontecia com as sombras

Serei eu uma sombra?

Da sombra que faço a mim própria que já não sei quem seja sombra de quem. Admito que também queiras sair da sombra em que te movimentas durante anos. Borromeu há de regressar quando o *au-kadoras* secar. Só não sei quando. Tem contrato com Dom Raimundo como feitor vitalício da República de Manu-mutin. Quando voltar vai fazer tudo para ficar com a posse da fazenda. Esse foi sempre o seu sonho. Também a sua vingança por ter sido humilhado pelo meu pai. Para isso acontecer terá de me matar. Sempre teve ambições na vida. Não tenho a certeza se foi a pessoa que também cometeu o crime de Manu-mutin ou quem havia passado informação aos indonésios sobre a estada do irmão extraordinário em minha casa. Se o fez, de certeza que foi com a intenção de me entregar aos indonésios para fazer o que teve em mente, mas que lhe faltou a coragem

Lata?

Com a tua precipitada vinda retirou-se com lata vazia para ir enchê-la na torneira ou no *au-kadoras* prometida pelo irmão extraordinário. Não tenho lata nenhuma. Tenho saudades sim, mas da Tia Benedita, que me ensinou a ler e a escrever. Foi a mãe que não tive durante a minha infância. Era quem me embalava para me adormecer ao som de uma canção de um disco da Doris Day que punha a tocar no gramofone *"Que sera, sera, whatever will be, will be"*.

Não dizes nada?

Continuas calado, Sancho Pança! Sei a razão da tua vinda. Queres devolver-me o livro de Miguel de Cervantes para que finalize a minha leitura sobre a saga de Don Quijote de la Mancha e do seu fiel escudeiro Sancho Pança. Afinal ele sempre encontrou o dono do livro. Sabia que eras tu e, no entanto, nada me disse a teu respeito. Há pessoas que nunca se emendam. Podes voltar a colocar a tua mão na minha mão. Nunca alguém havia segurado as minhas da forma como o fazes. Tens mãos ágeis, finas e delicadas. Precisas de dar outra utilidade às tuas mãos. Quando o Sol despertar vamos plantar abóboras. Semearemos abóboras. Como se diz abóbora em latim, Sancho Pança? Disseste *cucurbita*. Comecemos então com as *cucurbitáceas* e depois com outras espécies hortícolas. Comeremos do fruto de plantas de cujas sementes havemos de colocar na terra. Havemos de merecer este país de acordo com o que sonharam e fizeram os homens que por ele deram as suas vidas sem esperar recompensa

Acorda, Sancho Pança!

Passaste a vida toda na sombra de pessoas extraordinárias e a última foi aquele fidalgo que podia ter sido umas das mais extraordinárias personalidades de todos os tempos e deitou tudo a perder para ficar com a posse da galinha dos ovos de ouro. Extraordinário, Sancho Pança, é este povo que masca *bua, malus e ahu* para enganar o tempo e aguenta tudo e todos com extraordinária paciência. Primeiro foram os *malae* colonialistas, depois os *kamikazes* do Japão, mais tarde os *komodo* ou lagartos da Indonésia e, por fim, os seus libertadores. Não sabe como se há de libertar dos seus libertadores. Se temos futuro em Manu-mutin? Não creio, Sancho Pança! Lembro-te que Manu-mutin não existe. Nunca existiu. Fui eu que o sonhei. Em boa hora trouxeste de volta o livro de Miguel de Cervantes para que te devolva ao teu lugar na história, de onde nunca havias de ter saído para me vires dizer que gostarias de plantar abóboras.

© Luís Cardoso e Abysmo, 2020
Publicado mediante acordo com Literarische Agentur Mertin
Inh. Nicole Witt e. K., Frankfurt am Main, Alemanha.

Todos os direitos desta edição reservados à Todavia.

Grafia atualizada segundo o Acordo Ortográfico da Língua
Portuguesa de 1990, que entrou em vigor no Brasil em 2009.

capa
Elisa v. Randow
imagens de capa
© Peter ten Hoopen, 2022/ Pusaka Collection/
Online Museum of Indonesian Ikat Textiles
Escultura ancestral © The Yale University
Art Gallery. Reprodução de Johan Vipper
revisão
Ana Alvares
Gabriela Rocha

Dados Internacionais de Catalogação na Publicação (CIP)

Cardoso, Luís (1958-)
O plantador de abóboras : (Sonata para uma neblina) /
Luís Cardoso. — 1. ed. — São Paulo : Todavia, 2022.

ISBN 978-65-5692-273-7

1. Literatura em língua portuguesa — Timor-Leste.
2. Romance. 3. Timor-Leste — História — Colonização.
I. Título.

CDD 869.3

Índice para catálogo sistemático:
1. Literatura em língua portuguesa : Romance 869.3

Bruna Heller — Bibliotecária — CRB 10/2348

Edição apoiada pela DGLAB — Direção-Geral
do Livro, dos Arquivos e das Bibliotecas.

todavia
Rua Luís Anhaia, 44
05433.020 São Paulo SP
T. 55 11. 3094 0500
www.todavialivros.com.br

fonte
Register*
papel
Pólen soft 80 g/m²
impressão
Geográfica